LE VUIDANGEUR SENSIBLE,

DRAME.

Nougaret et Marchand

LE VUIDANGEUR SENSIBLE,

DRAME,

EN TROIS ACTES ET EN PROSE.

PAR M. ***

A LONDRES,

Et se trouve à PARIS;

Chez JEAN-FRANÇOIS BASTIEN,

Libraire, rue du Petit-Lyon, F. S. G.

1777.

(8)

AVERTISSEMENT
DE L'ÉDITEUR.

Le goût des Drames se répand dans toute l'Europe ; plusieurs de ceux qu'ont donnés MM. Falbaire & Mercier sont traduits en Italien, en Allemand, &c. La singularité de celui-ci lui fera peut-être obtenir aussi l'honneur suprême de la traduction. Je pense qu'on me saura gré du moins de faire connoître un Ouvrage tout-à-fait original, qui pourra plaire aux Amateurs du Drame & à ceux qui voudroient le proscrire de notre Théâtre. On verra que l'Auteur s'est proposé de jeter une sorte de ridicule sur les dénoûmens trop noirs & trop atroces, & sur les personnages trop bas qu'on voudroit introduire au Théâtre. Ce dessein est *louable & surprenant de nos jours ; & ce qui est encore digne d'attention, sa Pièce n'en est pas moins un Drame complet, qui présente une action intéressante & une catastrophe vraiment terrible & théâtrale.*

Je ne dirai point ici comment ce Drame m'est tombé entre les mains ; le Public se passera sans peine de cette confidence : tout ce qu'il importe de savoir, c'est si l'Ouvrage est bon ou mauvais ; & pour se mettre en état d'en juger avec certitude, il est nécessaire qu'on le lise.

DISSERTATION
SUR LE DRAME.

UN Ecrivain célèbre a dit (car les grands hommes ont tout dit) que toutes les actions de la vie, jusqu'aux plus communes, pouvoient être l'objet d'un Drame : elles peignent, en effet, au naturel l'espèce humaine ; & plus les tableaux que l'on en retrace sont simples & vrais, plus nous pouvons nous y reconnoitre, comme dans un miroir.

Le Drame, encore plus que la Comédie, est la représentation fidelle de la vie ordinaire : tous les états, depuis la pourpre jusqu'aux haillons de la pauvreté, ont un droit égal pour y figurer.

A l'égard des Tragédies, ce sont des productions hors de la Nature (je parle sur-tout de celles qu'on joue en France, presque calquées sur le même modèle), & l'on doit se faire une espèce de violence, pour se prêter à une illusion démentie sans cesse par tout ce qui nous environne. Alexandre, César, Tamerlan, & les autres Héros de l'Antiquité, étoient, comme tous les hommes, sujets aux passions, aux maladies: ainsi, quand on les fait monter sur des échasses, comme en France, pour débiter de pompeuses fadeurs en style cadencé, pour étaler emphatiquement leurs passions, & pour mourir avec une dignité qui contredit la Nature; je regarde ces tableaux gigantesques comme des monstruosités propres à amuser les enfans, & je consens qu'on les supprime comme de vains fantômes qui donnent des convulsions au cœur, sans parler à la raison. Ne doit-on pas se reprocher de verser des larmes pour des ombres toujours décorées du diadême, & dont le corps n'a peut-être jamais existé; ou de s'attendrir sur le sort de Conquérans altérés de sang humain, qui, heureusement, sont morts il y a trois ou quatre mille ans?

La bonne Comédie, plus utile en ce que les objets qu'elle représente sont plus à notre portée, a pour objet d'amuser & de corriger les hommes; mais, par malheur, personne ne se reconnoît dans le miroir qu'elle offre à tout le monde, parce qu'on s'y regarde toujours avec les yeux de l'amour-propre : on oublie que ses personnages sont pris dans la société, au milieu de nous. Pour la rendre profitable, il faudroit peut-être, comme les Grecs, la particulariser un peu plus : Shakespeare l'a senti dans ses Pièces admirables, & après lui, Molière l'a tenté en France dans quelques-unes de ses Farces.

Quant au Drame, il embrasse tous les états, ainsi que je viens de le dire ; c'est le vrai tableau de la vie humaine. Ce genre simple & naïf est susceptible de toutes les peintures. Non-seulement il est beaucoup plus naturel que la Comédie, on peut dire encore qu'il lui est supérieur par sa variété & par l'extrême fidélité de ses tableaux. Il semble encore qu'on entende par *Drame*, non-seulement une action simple & familière, mais un mélange de comique & de sérieux, le tout terminé par une catastrophe vraîment tragique, ou sur le point de devenir telle.

Quoi qu'il en soit, c'est la liberté que ce genre d'Ouvrage autorise, qui m'a déterminé à traiter le sujet que je destine à paroître sur le Théâtre du Monde, par la voie de l'impression; car pour celui des Comédiens François, je n'ai garde d'y penser, vu quelques-uns des Personnages que je vais mettre sur la Scène, & qui doivent cependant fixer l'attention générale, par les raisons que je vais déduire. L'amour, l'ambition, la colère, l'avarice, & les autres affections de l'âme, agissent uniformément sur tous les hommes. Ce n'est point la naissance ni la fortune qui forment le cœur; c'est la Nature seule, cette boussole fidelle des grands Philosophes; c'est son pouvoir prédominant qui agit avec un empire égal sur la généralité de l'espèce humaine: la seule différence sensible est dans l'expression des mouvemens de l'âme. Peignons donc les hommes tels qu'ils sont & tels qu'ils peuvent être, sans hyperbole; montrons-les à leurs semblables, sans microscope. Moins l'intervalle qui nous sépare des autres sera éloigné, plus l'impression sera frappante, & plus l'on sera tenté de mettre à profit les moralités qui s'approcheront de chaque état & de chaque caractère.

J'ai pensé qu'on verroit sans dégoût, & même avec plaisir, dans un Vuid[illegible]r toutes les vertus qui distinguent l'honnête homme, le bon citoyen; & j'ai cru qu'on admireroit en lui l'amour de l'honneur porté jusqu'à son dernier période.

Peut-être quelques personnes blâmeront-elles le sacrifice auquel il se résout; mais elles ne pourront en même tems s'empêcher d'admirer son stoïcisme, excusé, en quelque sorte, par le motif & par les circonstances où se trouve ce père infortuné. Brutus & Caton, dans le même cas, auroient pris le même parti; & une foule de prétendus Poètes auroit, dans des Pièces moulées les unes sur les autres, & en beaux vers Alexandrins, célébré la vertu de ces deux grands hommes. Mais l'action de mon Héros doit être exposée tout simplement, attendu qu'elle n'est que l'opération d'un Vuidangeur, jaloux de son honneur & de l'intégrité de sa réputation.

Pourquoi me reprocheroit-on de mettre un pareil personnage sur la Scène? C'est un citoyen comme un autre; c'est un homme qui s'emploie à procurer la propreté & la salubrité nécessaires dans une grande Ville.

A l'égard de ce Drame, on a cru devoir le réduire en trois Actes, pour le rendre moins ennuyeux qu'en cinq; il a paru aussi qu'il étoit plus naturel qu'un Vuidangeur, sa famille & sa société s'entretinssent en prose qu'en vers: la vraisemblance est mieux observée.

On ſera ſans doute étonné de la délicateſſe extrême du principal Perſonnage; mais il eſt, dans toutes les profeſſions, des gens fortement épris de l'amour de la vertu, qui craignent plus que la mort la moindre tache faite à leur honneur. William Sentſort étoit du nombre de ces citoyens obſcurs, qui deviendroient des hommes célèbres par les ſervices qu'ils rendroient à leur Patrie, ſi les circonſtances ne leur manquoient pour déployer leur génie.

Ce Drame avoit été fait pour être repréſenté à huis clos dans une ſociété particulière d'amis, qui ſe livrent avec ſuccès à ce genre d'amuſement devenu ſi à la mode à Paris; mais lorſqu'il fut queſtion de diſtribuer les rôles, le Maître de la maiſon, qui joue ordinairement les pères, ne voulut jamais, par une délicateſſe mal-entendue, ſe prêter à faire le rôle de Vuidangeur; ſon cœur, diſoit-il, en étoit ſoulevé: & quoiqu'il ne dût paroître qu'en habit des Dimanches, il aſſura que ſon imagination ſeroit aſſaillie de dégoûts continuels. Tous les autres Acteurs, à l'exemple de celui-ci, rejettèrent les rôles de femme, de fille, & de fils du Vuidangeur.

On disserta sur la flexibilité des fibres & du genre nerveux, sur les rapports naturels ou factices, & sur l'irritation ou le chatouillement des muscles ; chacun fit la grimace, & prétexta une susceptibilité capable de nuire à la représentation, par des nausées involontaires. J'observai inutilement que ces personnes qui ont l'idée si forte ou si foible, & le cœur si près des lèvres, ne devroient jamais faire servir sur leur table aucune sorte de viande, ni aucune espèce de gibier. Mes représentations furent dédaignées ; on me prouva que l'imagination sent & feint de sentir tout ce qu'elle veut. Après bien des débats, comme il en survient toujours entre les Acteurs & le Poète Dramatique, il fallut retirer la Pièce. L'Auteur, suivant l'usage, s'est plaint amérement des Comédiens ; &, pour ne pas perdre totalement ses peines, il a cru pouvoir régaler le Public d'un Drame digne d'être agréé dans des Troupes moins sensibles & plus raisonnables que celle qui n'a point ôsé le jouer à Paris. Tout le monde n'est pas aussi dédaigneux que nos Demoiselles & que nos Acteurs de la société dont je parle. Pour ne faire ici mention que de ces premières, elles auroient dû faire attention qu'on ne devient pas tout ce qu'on repréſente ſur le Théâtre : celles qui jouent le rôle de Lucrèce, le ſont-elles réellement?

Au reſte, on doit plaindre des cerveaux foibles, dominés & martyriſés par l'imagination. La moindre idée, le plus léger ſouvenir, ſoulève le cœur de certaines perſonnes, qui ne ſe ſont pourtant nulle violence pour aſſiſter au Spectacle, où il ne ſent pas trop bon, & pour manger des choſes qui ne flattent pas trop l'odorat. C'eſt une preuve que la gourmandiſe & la curioſité n'ont point de nez : l'une n'a qu'une bouche; l'autre n'a que des yeux & des oreilles. C'eſt une preuve encore que l'affection de l'odorat & l'impreſſion du ſouvenir ſont ſouvent une ſimagrée, qui eſt plus dans la fantaiſie que dans la Nature.

Ceux qui ont prétendu qu'on pourroit faire paroître dans un Drame les gens de la plus vile populace, ſeront ſatisfaits, puiſque mon principal Héros eſt un Vuidangeur, & que je me ſuis permis de tout peindre, juſqu'à un combat à coups de poings. Les partiſans des cataſtrophes horriblement noires, n'auront auſſi qu'à ſe louer de l'Auteur; je les ai ſervis ſelon leur goût : je leur réponds que mon dénoûment eſt une des plus charmantes horreurs dont ils aient encore entendu parler.

PERSONNAGES.

WILLIAM SENTFORT, Maître Vuidangeur.

Mistriss SENTFORT, sa femme.

Miss CÉCILE, leur fille.

JONES, leur fils.

TOMPSON, Maître Boucher.

Mistriss TOMPSON.

Miss CHARLOTTE, leur fille.

Miss ARLOWE, amante de Jônes.

Mistriss CARLIDGE, vieille femme.

JENNI, sa fille, ancienne maîtresse de Jônes.

HERMANN, Escroc.

RICHELING, autre Fripon.

Plusieurs Garçons Vuidangeurs.

La Scène est à Londres, dans la maison de William Sentfort.

LE

LE VUIDANGEUR SENSIBLE,

DRAME.

ACTE PREMIER.

SCENE PREMIERE.

JONES *seul, en mauvaise redingote, en bonnet de nuit, & ses souliers en pantouffles.*

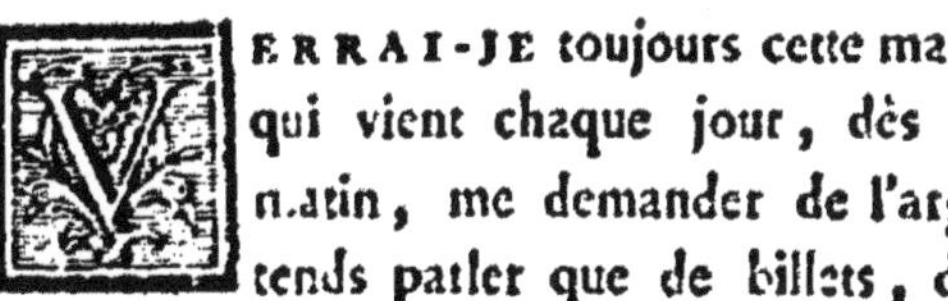ERRAI-JE toujours cette maudite canaille, qui vient chaque jour, dès six heures du matin, me demander de l'argent? Je n'entends parler que de billets, de lettres-de-change, & de faquins de créanciers, qui ôsent encore me menacer... Ah! j'en rosserai quelques-uns... Ma

soi, je crois que le plus simple seroit de ne plus coucher ici ... Il est ridicule de harceler un galant homme, qui dort & ne se couche qu'à quatre heures du matin. Les drôles pensent que je ne travaille guères avec mon père ; car ils me laisseroient au moins dormir une partie de la journée. Que n'attendent-ils que mon père soit mort? Il ne peut vivre long-temps ; car il devient vieux tous les jours. Je dois lui succéder, & je me prépare à me bien divertir. Je ne lézinerai pas comme lui. Ma mère, de son côté, n'est pas jeune, il s'en faut de beaucoup : ainsi je présume qu'ils auront bientôt leur passe-port pour l'autre monde, sans que je m'y oppose ... Tous ces diables d'importuns-là me donnent de l'humeur ; &, au premier jour, j'étrillerai si bien l'un d'entr'eux, que les autres se dégoûteront d'y revenir ... (*Il regarde une pendule*). Il n'est que sept heures. Que ferai-je toute la matinée? Mes amis dorment encore. Nous étions cette nuit tous si bien empafés, que la plupart n'auront pu regagner leur gite. Pour nos donzelles, elles avoient leur coiffe de travers, & l'œil d'un tendre ... d'un tendre ... Il faut avouer que Miss Arlowe est charmante, sur-tout quand elle se livre à la gaîté : son image m'auroit empêché de dormir, si je ne m'étois couché appesanti par les fumées du vin & de l'eau-de-vie ... J'entends marcher ... Est-ce encore quelque malôtru de créancier?

SCENE II.

JONES, HERMANN, *habillé en Petit-Maître Anglois, c'est-à-dire, avec un surtout qui lui descend jusqu'au milieu des jambes, dont le collet, d'une couleur tranchante, est très-large; son chapeau est énorme, ainsi que sa catogan.*

HERMANN.

Je venois sur le bout du pied, dans la crainte que tu n'eusses travaillé cette nuit.

JONES.

Je ne me mets à l'ouvrage que quand mon père m'y force; & je me sauve les trois-quarts du temps.

HERMANN.

On disoit qu'une vapeur mortelle t'avoit suffoqué, ainsi que ton père, William Sentfort.

JONES.

Tu vois qu'il n'en est rien . . . Mais changeons de propos. Je t'ai pris pour un créancier, & j'allois t'assommer.

HERMANN.

Je suis un galant homme, qui n'a jamais été créancier de personne. Il vaut mieux être débiteur; on est partout le bien venu. Je ne tourmente qui que ce soit pour le payer; & quand on me tracasse, je ne suis pas endurant. Il y a quelques jours qu'un gredin de Cordonnier vint me demander de l'argent; je lui dis trente fois inutilement que je n'en avois point; le manant ne voulut jamais en démordre. A la fin je m'impatientai, & lui fis descendre les marches de mon escalier quatre à quatre. Il tomba, & j'eus le plaisir de le voir tout disloqué. Depuis ce temps-là, pas un seul n'ose y revenir, & je suis en paix comme un grand Seigneur. Il faut des exemples.

JONES.

Ces impitoyables coquins me menacent de ne plus travailler pour moi, & c'est tant mieux : ils seront tout d'un coup payés, & j'en trouverai d'autres.

HERMANN.

Comme il y a encore six mortelles années avant que vienne l'édit qui déclare quittes tous les débiteurs envers leurs créanciers, il est absolument nécessaire de casser les bras & les jambes à quelques-uns d'eux.

JONES.

C'est un parti que je prendrois volontiers; mais je crains l'éclat, à cause de mon père & de sa famille.

HERMANN.

Bon, ton père! il ne se couche qu'à cinq heures du matin, & dort comme une marmotte.

JONES.

Mais ma mère est éveillée comme un écureuil, & ma sœur jabote comme une pie.

HERMANN.

A propos de ta sœur, ta mère ne veut donc pas me la donner en mariage?

JONES.

Non; elle dit qu'elle aimeroit mieux la voir noyée,

attendu que tu es un libertin ſans état, un joueur ſans argent, un intrigant ſans honneur, & que tu feras une mauvaiſe fin.

HERMANN.

C'eſt une vieille folle qui radote. Je lui laiſſerois de bon cœur ſon bijou chéri, ſi elle vouloit ſeulement me compter la dot.

JONES.

Oh! elle ne ſe laiſſe pas entamer ſur l'argent.

HERMANN.

Il faudra que je me paſſe du ſien; & puis, d'ailleurs, je ne ſuis pas preſſé. Je lorgne une groſſe brune, que je veux rafler à quelque prix que ce ſoit.

JONES.

Eſt-elle fille ou femme?

HERMANN.

Oh! ce ſont ces pions qui ont été à dame, & qui vont comme ils veulent.

JONES.

Pour moi, je m'en tiens, quant à préſent, à Miſs 'Arlowe. C'eſt une réjouie comère, qui amuſeroit un Régiment. Nous nous donnons tous les ſoirs rendez-vous dans la taverne du gros Fripport; & c'eſt à qui l'aura. Mais je me flatte d'avoir la préférence, parce qu'elle prend toujours mon bras lorſqu'elle veut retourner chez elle.

HERMANN.

Ne demeure-t-elle pas dans le vieux Londres, dans une petite rue adjacente au Strand, chez une Blanchiſſeuſe de bas?

JONES.

Justement, au troisième.

HERMANN.

Je la connois; je me suis trouvé plusieurs fois avec elle dans les guinguettes de Chelsea, & nous y avons ri comme des fous. Elle m'a donné dans l'œil; j'ai projetté de lui parler de près.

JONES.

Ne va pas sur mes brisées, ou nous nous brouillerions ensemble. Tu pourras t'en accommoder dans six mois. En attendant je te cède Miss Jenni.

HERMANN.

Fi donc, c'est une bégueule: avec ses yeux baissés, son air modeste, elle m'ennuie à la mort.

JONES.

Elle m'ennuyoit tant aussi, que j'ai pris le parti de la quitter.

HERMANN.

Tu l'as séduite, je crois. Comment as-tu fait pour l'amener à la raison?

JONES.

Elle m'a donné bien de la peine; je l'ai leurrée par une promesse de mariage. Je suis cependant fâché qu'elle soit devenue mère; elle est toujours à vouloir m'attendrir avec son enfant.

HERMANN.

Bon, bon! on les laisse dire. S'il falloit épouser toutes celles que l'on trompe...

JONES.

La petite Jenni se contenteroit de pleurer; mais sa mère, qui est d'une humeur violente, emportée, ne cesse de me harceler jusqu'ici; elle vient me soutirer à force de menaces & d'injures. Je prends tout ce que je puis à la maison pour le lui donner; &, avec tout cela, je ne saurois faire taire cette maudite femme-là: elle fera quelque jour une scène.

HERMANN.

Et ton père ne se doute pas encore de ta vie libertine?

JONES.

Non; mon père est un oiseau nocturne, qui travaille sous terre, & qui ne sait pas ce qu'on fait dans le monde pendant le jour.

HERMANN.

Les mines dégoûtantes que vous creusez ensemble, deviendront un jour pour toi des mines d'or.

JONES.

Il est vrai qu'il convertit en bon argent de vilaines espèces. Je le laisse souvent travailler avec ses garçons, & je vais me divertir. Mais il m'aime, & me passe bien des fredaines. Cependant, pour me faire changer de conduite, & afin de me rendre digne d'être son successeur, il veut me marier fort avantageusement.

HERMANN.

Quelle est la dulcinée qu'il te destine?

JONES.

C'est la fille du Boucher de notre voisinage; il dit qu'elle est remplie de sentiment.

HERMANN.

Oh, oh! à ce que je vois, ton père va d'une extrémité à l'autre. Et toi, te prêtes-tu à ce mariage?

JONES.

Ma foi, non. La prétendue est pourtant gentille, douce & propre. Mais je suis encore ensorcelé de Miss Arlowe; elle me fait tourner la tête. Voilà un petit cœur d'or que j'ai escamoté à ma sœur, & que je veux lui porter ce matin.

HERMANN.

Parbleu, fais-moi le plaisir de m'y mener avec toi; j'appuierai ton amour.

JONES.

Je le veux bien. Mais il est encore trop de bonne heure; elle s'est couchée tard: nous irons ensemble sur le midi.

HERMANN, *appercevant deux fleurets sur une table.*

Eh bien, en attendant, je vais te donner une leçon. Des grivois tels que nous doivent savoir se battre à coups de poing & à l'arme blanche.

(*Ils prennent chacun un fleuret, & font assaut*).

HERMANN, *portant la main à sa joue.*

La peste du mal-adroit! Deux lignes plus haut, il me crevoit un œil.

JONES.

Que diable aussi, pourquoi ne te mets-tu pas en garde?

HERMANN.

J'y étois ; mais tu pousses à tort & à travers, comme un vrai brutal.

JONES.

Ma foi, si tu ne sais pas mieux te défendre, ce n'est point ma faute. Va te faire panser.

HERMANN.

Si, au lieu d'un fleuret, j'avois mon épée, je t'apprendrois, à tes dépens, à être plus adroit & plus honnête.

JONES.

En vérité, je ne te crains pas plus d'une façon que d'une autre ; & si nous n'étions pas ici, tu verrois. Tu n'es qu'un querelleur & un fanfaron.

HERMANN.

Il t'appartient bien, vil excrément des pays-bas, d'apostropher un homme comme moi ! J'ai servi sur terre, tandis que ton père & toi vous travaillez comme les taupes, dans l'obscurité.

JONES.

Est-ce que je ne te connois pas aussi ? Ton père étoit Porteur de chaise, & ta mère est morte à l'Hôpital. Tu fais le faraud, parce que tu as servi dans un Régiment, mais on t'en a chassé ; & si tu figures dans le monde, ce ne sera qu'à Tiburne.

HERMANN.

Prends garde que je ne t'y fasse aller au premier jour. Te souviens-tu du vol que tu as fait chez ce Bijoutier de Westminster, après avoir enfoncé, pendant la nuit le devant de sa boutique ?

JONES.

Oh ! je ne te crains point ; tu étois mon complice.

HERMANN.

C'est toi, scélérat, qui m'as suborné : voilà ce que c'est que de voir mauvaise compagnie !

JONES.

Oui, tu as raison, je me suis déshonoré avec toi.

HERMANN.

Il te sied bien d'avoir tant d'insolence.

JONES, *quittant sa redingote, & se mettant dans la posture d'un athlete.*

Tiens, il ne s'agit pas de tout cela ; vuidons notre querelle en braves Anglois.

HERMANN, *se préparant aussi à se battre.*

Je le veux bien . . . Mais non, je ne dois point te battre chez toi : je te rencontrerai dans la rue.

JONES, *lui donnant un coup de poing.*

Sors d'ici, infame escroc.

(*Ils se gourment & se prennent au collet*).

SCENE III.

Les précédens, Mistriss SENTFORT, Garçons Vuidangeurs.

Mistriss SENTFORT.

Au secours ! au secours ! Quoi donc, ce malheureux vient assassiner mon fils dans ma maison ! Qu'on aille chercher un Juge de paix.

HERMANN.

Point tant de bruit, Madame; votre fils est un impertinent, qui m'a blessé & insulté : j'en aurai raison.

JONES.

Je ne crains point ses menaces, laissez-le aller; & s'il ne part au plus vîte, il n'y a qu'à le jeter dans un de nos tonneaux.

HERMANN.

Ne m'approchez pas; je redoute votre attouchement, & vous laisse dans la fange qui vous fait vivre.

(*Il se sauve, poursuivi par les Vuidangeurs*).

SCENE IV.

Mistriss SENTFORT, JONES.

Mistriss SENTFORT.

A quel sujet faites-vous donc tant de tapage? Vous êtes amis, & vous ne pouvez vivre · semble un quart-d'heure sans vous quereller!

JONES.

Parce qu'il est mal-adroit sous les armes, il m'a dit des injures; si vous n'étiez pas venue, je lui proposois un combat à coups de poing, & . . .

Mistriss SENTFORT.

Je vous ai dit cent fois qu'il ne falloit pas voir un coquin comme celui-là. Une bonne fois pour toutes, ne vous encanaillez plus avec un tas de vaux-rien, qui vous auront bientôt fait manger le produit des fatigues de votre père. C'est un honnête homme, un bon mari, un bon père, un citoyen utile; ne le faites pas mourir de chagrin. Il vous a bien élevé; mais au lieu de l'aider dans son travail, & d'imiter sa conduite, vous battez le pavé; vous fréquentez les plus mauvaises coteries; vous nous faites sécher de douleur.

JONES.

Je vous promets, ma mère, que je ne verrai plus Hermann, ni sa sequelle; je me défierai même de lui.

Mistriss SENTFORT.

Portons nos plaintes; faisons-le mettre en prison.

JONES.

Gardons-nous-en bien; il pourroit me calomnier & me susciter de mauvaises affaires. (*Apart*).... Il ne disoit que la vérité... (*Haut*). Mais j'ameuterai ses créanciers: de rage il en tuera quelqu'un; alors il verra beau jeu.

Mistriss SENTFORT.

Vous en avez aussi beaucoup vous-même, de créanciers; tous les jours je n'entends parler que de vos dettes.

JONES.

J'arrangerai mes affaires à votre mutuelle satisfaction.

Mistriss SENTFORT.

Il ne tient qu'à vous que les choses prennent une bonne tournure. Votre père & moi nous ne cherchons que votre avantage. Votre sœur a pu vous dire que nous avons formé le dessein d'acquitter vos dettes, si vous voulez être sage & épouser la fille de notre voisin le Boucher, dont l'alliance ne peut que nous faire honneur.

JONES.

Je n'avois aucune envie de me marier; mais vous êtes si bonne, si complaisante, que je me fais un devoir de vous satisfaire en tout.

Mistriss SENTFORT.

Tu me pénètres de joie. La mère & la fille doivent venir sur les midi. Ne manque pas de te trouver ici, comme par hazard; tâche de leur plaire: tu réussiras sûrement, & nos arrangemens seront bientôt faits.

JONES.

Il faut avoir l'air propre pour une telle entrevue; & je n'ai pas un ajustement qui mérite d'être présenté: toute ma garderobe tombe en guenille.

Mistriss SENTFORT.

Qu'avez-vous fait de l'argent que votre père vous avoit donné pour vous acheter un habit neuf?

JONES.

J'ai trouvé une famille d'honnêtes gens dans la misère; on vendoit leurs meubles, & ils étoient sur le point de faire banqueroute. Ce spectacle m'a touché: je leur ai prêté tout ce que j'avois. (*A part*). La bonne histoire que j'imagine-là!

Mistriss SENTFORT.

Il est satisfaisant de faire de bonnes-œuvres; mais vous auriez dû garder une partie de votre argent pour vos besoins personnels.

JONES.

Vous n'auriez pu y tenir vous-même: un père, une mère & quatre malheureux enfans sur la paille! (*A part, en riant*). Oh, rien de plus touchant!

Mistriss SENTFORT.

Tenez, voilà six guinées ; allez au plutôt acheter un habit propre & décent ; & vers les deux heures au plus tard, vous vous rendrez dans la salle, où vous trouverez la compagnie. Votre père compte sur votre obéissance ; ne le trompez pas.

(*Elle lui donne de l'argent*, & *sort*).

SCENE V.

JONES *seul.*

Ma foi, ces six guinées viennent fort à propos. Je n'ai pas mal emboisé la bonne femme. Elle croit que j'épouserai sa Bouchère ; mais si Miss Charlotte attend après moi, elle sera long-temps sans être pourvue. Gardons toujours ces guinées ; c'est autant de pris : j'en achèterai quelques bijoux pour ma chère Arlowe. Sa mère ne dira plus que je suis un misérable, ou un avare... Comme elles vont toutes deux me faire des caresses !

SCENE VI.

Mistriss CARLIDGE, JENNI, JONES.

Mistriss CARLIDGE.

Je te trouve donc à la fin, misérable suborneur ! Voilà cent fois que je viens ici, & tu te caches toujours pour ne me pas voir ; mais tu ne saurois m'échapper aujourd'hui ; tu me feras raiſon de toutes tes perfidies à l'égard de ma fille.

JENNI.

Ma mère, je vous en prie, parlez - lui avec plus de douceur.

Miſtriſs CARLIDGE.

Laiſſez-moi tranquille, petite ſotte.

JONES.

Doucement, Miſtriſs ; ne nous emportons pas. En quoi, s'il vous plaît, avez-vous à vous plaindre de moi ?

Miſtriſs CARLIDGE.

Comment, malheureux ! ne l'as-tu pas enjolée, trompée ; & puis tu nous plantes-là. Et ton enfant, ta pauvre petite fille, miſérable, parle, qu'en veux-tu faire ?

JONES.

Tout ce que vous voudrez. Votre Jenni a beau faire la prude ; ſuis-je le ſeul qui ? . . .

Miſtriſs CARLIDGE.

Ah, ſcélérat ! il faut que je t'arrache les yeux.

JENNI, *ſe mettant entre Jones & ſa mère.*

C'eſt moi, ma mère, qui mérite toute votre fureur ; ſans mon indigne foibleſſe à croire ſes ſermens, & à me contenter d'une promeſſe de mariage, il n'outrageroit point ma vertu . . . Mais il a raiſon, je mérite ſes mépris ; je dois être à ſes yeux la plus vile créature . . . Puiſſe mon exemple ſervir de leçon aux jeunes perſonnes qui manquent à leur devoir ! (*Elle pleure*).

Miſtriſs CARLIDGE

Tu nous feras mourir de chagrin ; elle qui t'a tout ſacrifié, & moi qui avois en main de très - bons partis pour elle.

JONES.

Mais ſongez combien vous m'avez coûté l'une & l'autre. J'ai dégagé ſon frère; j'ai payé l'apprentiſſage de ſa ſœur; enfin, pour ſes beaux yeux, j'ai ſubtiliſé ma famille; je me ſuis accablé de créanciers. Que voulez-vous donc que je faſſe encore?

JENNI.

O Dieu! je ſuis cauſe que vous vous êtes porté à des actions ſi baſſes! Vous, Jones, vous! voler vos parens, & par rapport à moi! . . . Malheureuſe que je ſuis! . . .

Miſtriſs CARLIDGE.

Je veux que tu épouſes ma Jenni. Sans toi, perfide, elle auroit toujours été ſage. Si tu oſes encore héſiter, je vais tout déclarer à ton pére.

JONES.

Ne faites pas cette ſottiſe; vous vous reſſentiriez de ſon humeur violente.

Miſtriſs CARLIDGE.

Va, je ne le crains point. Je lui dévoilerai toute ta vie libertine: je m'en ſuis fait inſtruire. Quand il ſaura que c'eſt toi qui l'a volé ſi ſouvent, il te fera certainement enfermer pour le reſte de tes jours, ainſi que la perronelle pour qui tu quittes ma fille.

JONES.

N'en dites point de mal, je vous en prie; c'eſt une fille gaie, complaiſante, & qui eſt recherchée par plus de vingt bons partis.

Miſtriſs CARLIDGE.

Cela ne l'empêche pas d'en chercher auſſi elle-même: elle eſt parée comme une Actrice; & je ſuis ſûre que c'eſt c'est plus aux dépens de ton père qu'aux tiens. Oh bien, je l'en avertirai, & dès demain.

JONES.

Point de bruit; vous gâteriez encore plus vos affaires. Mon père veut me marier à toute force, & m'établir convenablement; je feins d'acquiescer à son projet, afin de mettre la main sur la somme qu'il me destine. Si je réussis, vous vous en ressentirez toutes les deux.

JENNI.

Qu'entends-je! Il se marieroit avec une autre! Ce seroit pour moi le coup de la mort... Je me suis bien toujours doutée qu'après la faute que j'ai faite, je ne devois plus espérer d'être heureuse.

JONES, *touché.*

Miss Jenni, ne vous affligez point: je vous aime toujours.

JENNI.

Vous m'aimez, & vous m'accablez de mépris!... Ah, si vous lisiez dans mon cœur!

JONES.

Pardonnez des paroles qui m'échappent dans la colère.

Mistriss CARLIDGE.

Veux-tu être un honnête homme? sois son époux dès aujourd'hui.

JONES.

D'honneur, la chose est impossible.

Mistriss CARLIDGE.

Pourquoi nous dédaignes-tu, misérable? Nous valons cent fois mieux que ta famille. Je gagne ma vie par un travail honnête, & ma fille se soutient avec décence, en faisant de la dentelle. Nous devons rougir de t'avoir connu.

JONES.

Je crois qu'en effet je ne suis pas digne de votre alliance.

Mistriss CARLIDGE.

Il te sied bien de nous plaisanter . . . Mais puisqu'elle a eu la sottise de t'aimer, elle sera ta femme, ou tu te repentiras toute ta vie de l'avoir trompée.

JENNI.

Laissez-le, ma mère; sortons de cette maison; je renonce à le voir; je me charge de nourrir par mon travail le fruit de mon malheureux amour: cette enfant aura un cœur plus tendre & plus reconnoissant que son père.

Mistriss CARLIDGE.

Ecoute, Jônes, je suis au désespoir; ses larmes me font mourir; & toi qui les causes, tu n'en es point touché! je vais de ce pas déclarer à ton père & à ta future tout ce qui s'est passé entre ma fille & toi.

JONES.

Mon père seroit furieux, mon mariage n'auroit plus lieu, je ne toucherois point d'argent, & vous-mêmes vous n'auriez rien du tout.

Mistriss CARLIDGE.

Il n'importe, c'est le pis-aller. Je m'en vais le trouver; je lui montrerai ta promesse de mariage: s'il me rebute, s'il est aussi injuste, aussi cruel que son fils, j'irai tout de suite chez un Juge de paix, à qui je détaillerai toute ta vie perverse, & les indignes actions que tu as faites pour entretenir ton libertinage.

JONES.

Ne vous avisez pas de cela : mon père dort à présent ; on ne vous laissera point entrer dans sa chambre.

Mistriss CARLIDGE.

Oh, parbleu ! je forcerai la porte ; nous allons voir.

JENNI.

Ma mère, cette violence là ne peut que me rendre plus malheureuse.

Mistriss CARLIDGE.

Non, c'est inutile.

JONES, *l'arrêtant.*

Eh bien, ma chère Mistriss Carlidge, faisons mieux ; traitons les choses de sens-froid & amicalement. Accordez-moi jusqu'à demain, afin que je prenne les mesures nécessaires ; & je jure d'épouser Miss Jenni.

JENNI.

Seroit-il possible ! Rendrois-tu assez de justice à mon amour ?

Mistriss CARLIDGE.

Ne me fais pas de mensonge, comme à ton ordinaire.

JONES.

Non, je vous en donne ma parole d'honneur.

JENNI.

Va, mon cher ami, tous mes instans seront employés à te rendre heureux.

JONES.

Retirez-vous actuellement ; je crains qu'on ne vous surprenne ici. (*Il embrasse Jenni.*) Adieu, mon ami ; dans un instant j'irai te voir.

Mistriss CARLIDGE.

Si tu nous trompes encore, j'ai ma vengeance toute prête. (*Elle sort*).

JENNI.

Je fais ce que je peux pour l'adoucir en ta faveur. Aime-moi comme je t'aime, nous serons tous contens. (*Elle sort*).

JONES *seul.*

L'innocente créature ! Elle est douce comme un agneau . . . J'ai presque des remords . . . Quelle folie !

SCENE VII.

Miss CÉCILE, JONES.

Miss CÉCILE.

Bonjour, mon frère.

JONES.

Ah ! te voilà, ma sœur. Il me paroît que tu as bien dormi : tu as le teint d'une fraîcheur admirable.

Miss CÉCILE.

Va conter tes fleurettes à quelques-unes de tes Maîtresses, ou plutôt garde-les pour la jeune personne qu'on te destine pour femme, & dont je viens te parler.

JONES.

N'est-ce pas la fille de Tompson, le Boucher ?

CÉCILE.

Oui, Miss Charlotte elle-même.

JONES.

Il y a une si grande différence dans nos professions, que je crains bien que nous ne sympathisions point ensemble.

CÉCILE.

Elle est mon amie; je t'assure qu'elle a un caractère excellent.

JONES.

Je ne me sens pas de goût pour elle.

CÉCILE.

L'amour viendra quand tu auras fait connoissance. Songes, d'ailleurs, que c'est nous allier d'une manière fort honorable.

JONES.

Elle est si maniérée, que je crains qu'elle ne me donne des vapeurs, le spasme, la consomption.

CÉCILE.

C'est une mauvaise défaite, & je devine tes raisons; tu as le cœur pris pour une autre. Je crains bien que ce ne soit une fille intéressée; car mon père te fournit de l'argent, je te donne tout ce que j'ai, & tu n'as jamais le sou. J'ajouterai encore à ces justes reproches, que tu travailles avec mon père le moins que tu peux; & les nuits que tu lui fais faux-bon, tu ne rentres qu'à quatre ou cinq heures du matin. Les gens qui viennent te chercher sont faits comme des bandits; je tremble toujours qu'ils ne t'engagent dans quelqu'affaire fâcheuse, qui compromettroit notre repos & notre honneur.

JONES.

Je ne vois que bonne compagnie: on se trompe à la mine de nos plus illustres Milords, quand ils courent en chenille. J'aime le plaisir, il est vrai; mais ce goût est de mon âge. Quand le feu des passions s'amortit, l'on prend une femme qui paie nos dettes, & se trouve encore trop heureuse d'avoir les restes de nos affections.

CÉCILE.

Oui, beaucoup de jeunes gens de famille, quand ils se décident enfin pour le mariage, ont tout l'air de vieux barbons; & il ne faut pas s'étonner si tant de femmes hupées, après la cérémonie des noces, cherchent de vrais maris : c'est que réellement elles n'en ont point.

JONES.

Elles doivent être sages & ménagères. Pour nous autres garçons, nous ne devons songer qu'à nous réjouir, sur-tout quand nous avons des pères assez complaisans pour travailler jour & nuit à nous amasser du bien.

CÉCILE.

Voilà une fort bonne morale.

JONES.

Assurément. Bon jour, ma petite sœur; je vais me parer avec soin, pour assister à cette belle entrevue, où ma mère veut que je représente. Je crois que j'y ferai une sotte figure : n'importe, il ne faut pas la courroucer.

CÉCILE.

Tu lui a promis d'y venir; ainsi ne manque pas à ta parole.

JONES.

Compte sur moi . . . Une chose m'embarrasse; j'ai quelques dettes criardes à payer, qui m'empêchent même de paroître dans le voisinage. Je n'ai point assez d'argent: ne pourrois-tu pas, toi qui es si bonne, me prêter une petite somme? Je te la rendrai fidélement après la noce.

CÉCILE.

Je n'ai que trois guinées: je veux bien te les prêter, mais à condition que tu me les rendras exactement.

JONES.

(*Il prend l'argent*). Je t'en donne ma parole. L'aimable petite sœur! Adieu, ma bonne amie.

(*Il sort*).

CÉCILE *seule*.

Ces libertins-là ruineroient une maison des plus opulentes. Au reste, on est encore trop heureux, quand ils ne font pas d'actions capables de déshonorer une famille. Je redoute toujours les coteries que fréquente mon frère, & j'espère qu'une femme sensée pourra parvenir à le rendre plus sage. (*Elle sort*).

Fin du premier Acte.

ACTE II.

SCENE PREMIERE.

WILLIAM, Mistriss SENTFORT, TOMPSON, Mistriss TOMPSON, Miss CHARLOTTE, Miss CÉCILE.

(Ils sont tous assis en demi-cercle autour d'une table, & boivent du thé & de l'eau-de-vie.

Mistriss SENTFORT.

Je suis fort étonnée que mon fils ne soit point encore arrivé ; il témoigneroit beaucoup plus d'empressement, s'il avoit le bonheur de connoître davantage la jeune Miss qui lui est destinée.

Mistriss TOMPSON.

Peut-être que votre fils ressemble à la plupart des jeunes gens, qui n'aiment guères à se soumettre au joug du mariage.

TOMPSON.

Ils obéissent enfin ; & une épouse aimable leur fait bientôt oublier tous les objets qui les entraînoient vers la dissipation. J'en puis juger par mon expérience : quoique je fusse un égrillard, Mistriss Tompson sut me fixer dans sa boutique.

WILLIAM.

Miss Charlotte aura le même pouvoir sur le cœur

de mon fils, auquel j'ai tâché de donner de bons exemples & une bonne éducation, afin qu'il se distinguât dans mon pénible métier, & remplît un jour ma place avec honneur.

Miss CHARLOTTE.

Je ne vous cacherai pas, Monsieur William, que j'avois quelques répugnances pour votre profession; mais l'estime dont vous jouissez, m'a fait surmonter un dégoût qui m'a paru ridicule.

Miss CÉCILE.

Je conviens que la profession de mon pere n'est pas séduisante; mais si l'on juge du mérite des choses par leur utilité, il faut convenir aussi qu'il est peu d'états plus nécessaires que le sien dans la société, & qui exigent plus de courage: peu de gens ont l'âme assez forte pour le soutenir. Un Citoyen n'est-il pas généreux quand, pour le bien commun, il fait ce que les autres ne voudroient ni ne pourroient faire? Mais on ne s'attache qu'à ce qui brille, & l'on méprise ce qui produit un bien sans éclat.

TOMPSON.

Heureusement le bénéfice dédommage des préjugés auxquels on est en bute; &, dans le siècle où nous sommes, l'argent console de tout: il n'est ni laideur ni avilissement qui empêchent de trouver un parti, quand le son des écus teinte aux oreilles.

WILLIAM.

Tandis que nous en sommes sur le rang que nous tenons dans la société, s'il faut vous parler vrai, votre métier, mon cher Tompson, n'est guères plus agréable ni plus estimé que le mien. Vous êtes toujours environné de sang & de carnage, & souvent vous n'êtes pas non-plus en trop bonne odeur.

Mistriss TOMPSON.

Ah, Monsieur William, quelle comparaison! Nous nous employons pour nourrir les Citoyens.

WILLIAM.

Eh bien, mon état est une suite nécessaire du vôtre.

TOMPSON.

Laissons cela; parlons plutôt du solide établissement que vous prétendez faire à l'unique héritier de vos travaux.

WILLIAM.

L'argent n'est pas la seule chose desirable que je donne à mon fils en mariage: ma profession n'est point attrayante, j'en conviens; mais c'est un état libre, je l'ai toujours exercé avec honneur, & personne ne m'arracheroit un seul cheveu de la tête.

Mistriss TOMPSON.

Nous en sommes persuadés . . . Mais venons au fait: combien donnez-vous à votre fils?

WILLIAM,

Mon fils est un grand garçon, bien fait, robuste; qui sait l'arithmétique, & qui est très-habile dans mon art.

TOMPSON.

Tenez, l'ami William, les pères, quand ils marient leurs enfans, croient toujours que leurs pièces d'une couronne valent une guinée, & que celles des autres valent à peine un scheling. Si votre fils est grand & bien bâti, ma fille est aussi fort gentille, & sera bonne ménagère: ainsi traitons sans égard pour les qualités personnelles.

WILLIAM.

Volontiers. Eh bien, je donne à mon fils trois-cents livres sterlings, & je lui assure mon fonds, dont il lui sera facile de tirer le plus grand parti.

Mistriss TOMPSON.

On m'avoit dit qu'il auroit quatre-cents livres sterlings. Il faut faire un petit effort en faveur du préjugé que vous avez contre vous, l'ami William Sentfott.

WILLIAM.

Combien donnez-vous donc à votre fille?

TOMPSON.

Moi? Deux-cents livres sterlings, & un petit trousseau des mieux conditionnés.

WILLIAM.

Ce n'est point assez, il faut aller jusqu'à trois-cents guinées.

TOMPSON.

J'y consens, en votre considération; mais à condition pourtant que, de votre côté, vous irez jusqu'aux quatre-cents.

WILLIAM.

Il faut bien faire un effort. Allons, touchez-là. Nous boirons, en dînant, le vin du marché. (*Aux Dames Tompson*). Vous y consentez, Mistriss?

Mistriss TOMPSON.

Avec beaucoup de plaisir.

WILLIAM.

Je vais, de ce pas, chez Monsieur Trafiquet, mon Notaire; il a ma pratique, j'ai la sienne: nos conventions seront bientôt rédigées. (*Il sort*).

Mistriss SENTFORT.

Je ne conçois pas ce qui peut arrêter mon fils : ce sont sans doute les apprêts d'une entrevue où il veut paroître avec distinction... Mais le voilà ... Comme il est fait ! ... Je n'en reviens pas.

SCENE II.

Mistriss TOMPSON & SENTFORT, Miss TOMPSON & SENTFORT, TOMPSON, JONES, *sa veste déboutonnée & déchirée, & ses cheveux en désordre.*

JONES.

Excusez-moi, Mesdames; il ne m'a point été possible de me tirer des embarras qui me poursuivent depuis quatre heures.

Mistriss SENTFORT.

Il faut qu'ils aient été grands; car vous vous présentez dans un bel équipage.

JONES.

Pardonnez cet air de désordre à mon empressement, & à l'aventure qui vient de m'arriver.

Mistriss SENTFORT.

Elle est donc bien extraordinaire ?

JONES.

Je me hâtois de venir m'habiller, & de me mettre en état de faire décemment ma cour à cette charmante Miss, lorsqu'auprès d'ici, j'ai entendu un tumulte épouvéritable, & des cris à faire peur ; je me suis aussi-tôt avancé, en fendant la presse, & j'ai vu un de mes meilleurs amis, le plus honnête homme du monde, aux prises avec la plus vile canaille, qui le traitoit de Juif, de Banqueroutier ; à cet aspect, mon sang s'est allumé, je me suis élancé dans la bagarre ; j'ai frappé à droite, à gauche ; les coups de poings, les gourmades voloient de tous côtés ; jamais bélier n'a donné de si furieux coups de tête ; vingt fois on m'a renversé dans la boue : mais enfin, par ma valeur, j'ai sauvé mon ami des mains de la populace, & l'ai ramené en triomphe dans le sein de sa famille ; tandis que nos ennemis avoient un œil poché, une joue meurtrie, ou la moitié des dents cassées.

Mistriss TOMPSON.

Voilà, certainement, une belle action, qui mérite bien qu'on vous pardonne un retardement, dont nous appréhendions d'avoir à nous plaindre, comme d'une négligence.

JONES, *à Miss Charlotte.*

Sans des raisons aussi fortes, j'aurois même devancé votre arrivée ici, Miss Charlotte : ma famille veut que je vous sacrifie ma liberté ; je n'aurai pas de peine à lui obéir.

Miss CHARLOTTE.

Mais vous ne serez point mon esclave ; l'amitié seule doit nous réunir l'un à l'autre.

JONES.

Vous avez raison, Miss, je n'y pensois pas.

Mistriss SENTFORT.

Allons, allons, tout est convenu. Ne songeons qu'à

nous divertir & à conclure. On dresse actuellement le contrat.

JONES, *d'un air troublé.*

Quoi, ma mère, déjà !

Miss CHARLOTTE.

En êtes-vous fâché, Monsieur ?

JONES, *se remettant un peu.*

Non, Miss, je ne m'attendois pas seulement que mon bonheur fût si prochain.

Mistriss SENTFORT.

Mon fils, on ne sauroit trop se presser pour terminer les bonnes affaires.

Mistriss TOMPSON.

En attendant l'heure du dîner, allons faire un tour dans le Parc Saint-James.

TOMPSON.

C'est bien dit : partons.

Mistriss SENTFORT.

Mais pouvons-nous aller décemment, sans être suivie chacune de notre servante ?

Mistriss TOMPSON.

Vous avez raison ; nous risquerions d'être confondues avec les femmes du peuple.

Miss CÉCILE.

Eh bien, comme Miss Charlotte & moi nous serons avec vous, nous vous tiendrons lieu de servantes.

Miss CHARLOTTE.

C'est bien pensé !

TOMPSON, *à sa femme & à sa fille.*

Quel diable de cérémonie ! Est-ce que vous êtes folles ?

JONES, *aux Dames.*

Dans l'état où je suis, je ne puis vous conduire à la promenade: j'en suis fâché, Mesdames.

Mistriss SENTFORT, *à son fils.*

Nous vous dispensons de venir; songez seulement à mieux vous équiper.

Mistriss TOMPSON.

Mais nos servantes . . . sortir sans elles . . .

TOMPSON, *prenant sa femme & Mistriss Sentfort sous le bras, & les entraînant hors de la Scène.*

Je vais vous apprendre à vous en passer.

Miss CÉCILE & CHARLOTTE, *les suivant en éclatant de rire.*

Ah! ah! ah! elles apprendront aussi à courir. Ah! ah! ah!

SCENE III.

JONES *seul.*

COMME ils ont eu la bonhommie d'ajouter foi à mon combat généreux! (*Il rit*). Ah! ah! ah! . . . Ce coquin-là, me chercher toujours querelle, quand il est ivre . . . Quelle grêle de coups de poings, & comme il vous lance sa tête dans l'estomac! Je ne veux plus aller dans sa maudite taverne . . . Ouf! je suis moulu de coups ... voilà des avant-coureurs de noces assez désagréables . . . A propos de mariage, je me suis furieusement avancé; je ne sais pas trop comment je pourrai me dédire. Si je me marie, Miſs Arlowe ne me le pardonnera jamais; je ſerai réduit à ne plus la voir . . . . . Cette idée ſeule me déſole . . . D'un autre côté, la terrible Carlidge m'étourdira par ſes cris & ſes clameurs: animée par l'intérêt qu'elle prend à ſa fille, c'eſt une furie qu'il n'eſt pas aiſé d'adoucir..... Après une entrevue & des conventions arrêtées, ſi je renonce à l'alliance convenue, je dois m'attendre aux dernières extrémités de la part de mon père, de ma prétendue & de ſa famille, qui deviendront de nouvelles harpies pour me tourmenter: je ſerai renfermé, peut-être même déshérité . . . Ma parole eſt engagée, & la future eſt gentille . . . Mais je n'en ſuis pas amoureux, & l'image d'un autre objet viendra me pourſuivre juſques dans les bras de ma femme . . . Je me perds dans mes réflexions . . . Non, je ne ſaurois abandonner ma Miſs Arlowe; je la préfère à toutes les fortunes que l'on m'offre; elle eſt mon âme, ma divinité... Que dis-je! je m'expoſe à me la voir enlevée pour toujours: car on attenteroit à ma liberté, ce bien ſi cher, digne partage d'un Anglois . . . qui ſait le conſerver . . . Ma foi, je vais courir le monde, & amener avec moi ma chère Maîtreſſe... Je ſuis ſans un ſou... Me voilà bien embarraſſé; je n'ai qu'à mettre la main ſur le magot de mon père; j'ai remarqué que la ſerrure de ſon coffre ne tient preſque point : cela ſuffit . . . A merveille! je paſſerai dans nos Colonies, ou dans le pays étranger. Je m'y enrichirai par mon induſtrie; au bout de dix ans, je reviendrai, couſu de guinées comme un Milord, & tout ſera oublié; ma future actuelle aura trouvé un autre parti; tous mes gens ſeront morts, & perſonne n'aura plus rien à me dire . . . Oui, voilà ce que j'ai de mieux à faire; voler mon père, & me ſauver avec la petite Arlowe... pourvu, toutefois, que l'aimable créature conſente à me ſuivre ... Je n'ôſe me flatter d'obtenir d'elle cette marque d'amour... Je crois l'appercevoir.

SCENE IV.

Miſs ARLOWE, JONES, RICHELING, *en uniforme de ſoldat de la Marine, ſon chapeau enfoncé ſur les yeux, une longue épée qui traine preſque juſqu'à terre, & ayant enfin tout l'air d'un coupe-jarret.*

JONES, *courant au-devant de Miſs Arlowe.*

EST-CE bien toi, ma chère amie? Par quelle heureuſe aventure es-tu parvenue juſques-ici?

Miſs ARLOWE.

Ah! mon cher Jones, nous avons un étrange événement à te conter. Tu me vois encore tremblante, & pénétrée de rage & de douleur.

JONES.

Que t'eſt-il donc arrivé?

RICHELING.

Ecoute. Tu me vois auſſi ſaiſi d'indignation; & tu partageras notre juſte fureur.

Miſs ARLOWE.

Tu connois cet indigne Hermann?

JONES.

Oui, je me propoſe de lui couper les oreilles.

Miſs ARLOWE.

Apprends que le miſérable eſt venu chez moi en jurant d'une manière épouvantable. Il dit que tu lui as fait une inſulte, & il menace de t'exterminer. J'ai voulu vainement le rendre plus calme; il n'a paru ſe radoucir, que pour ſe jeter à mes genoux, les yeux tout en feu, & me proteſter qu'il ne t'épargneroit qu'à condition que je conſentirois à te chaſſer de chez moi. J'ai réſiſté à toutes ſes prières, qu'il renouvelloit, en prenant tantôt un air attendri, tantôt en frappant du pied, & en faiſant retentir ma chambre de ſes imprécations. Enfin, me trouvant inſenſible à ſes careſſes & à ſes menaces, il alloit peut-être outrager ma vertu, lorſque mes cris ont fait accourir Monſieur Richeling, qui, heureuſement, venoit en ce moment pour me voir.

RICHELING.

Dans le bouillonnement de ma colère, je vous aurois vengés ſur le champ l'un & l'autre; mais j'ai craint de faire chez Miſs un dangereux éclat, dont les ſuites auroient pu nous devenir funeſtes à tous: il eſt bon quelquefois de ſavoir ſe poſſéder... d'ailleurs, le drôle eſt vigoureux.

JONES.

Ah, le monſtre! inſulter ma Maîtreſſe! s'en prendre à ce que j'ai de plus cher au monde! Je punirai ſon inſolence, ou il aura ma vie.

Miſs ARLOWE.

Il dit qu'il ſait aſſez de choſes de toi, pour te faire pendre.

JONES.

Il eſt de ſon intérêt de garder le ſilence... Mais je l'empêcherai bien de jâſer.

RICHELING.

Tu n'auras qu'à bien prendre ton tems, & profiter ensuite de ton avantage : ce coquin-là doit être attaqué avec précaution. Parce qu'il est robuste à la luthe, & parce qu'il excelle dans l'art de l'escrime, il a l'insolence d'insulter jusqu'à ses meilleurs amis; il vole même avec audace, toutes les fois qu'il se croit le plus fort. Il n'y a que huit jours que je m'associai avec lui dans une partie de jeu, contre des François nouvellement débarqués à Londres; c'étoit de l'argent sûr, car ils étoient tout neufs; cependant s'il eût perdu, je l'aurois remboursé de moitié : il gagna dix-huit guinées, & il ne voulut jamais m'admettre à la participation du gain. Il falloit se couper la gorge; j'aimai mieux céder, que de faire peut-être un mauvais coup.

JONES.

J'irois, dès cet instant, le chercher; mais je suis retenu par une affaire importante.

Miss ARLOWE.

Nous venions cependant pour t'amener avec nous.

JONES.

Je ne puis sortir que ce soir, à cause de certains embarras.

Miss ARLOWE.

De quoi s'agit-il donc ?

JONES.

Je n'ôse te le dire.

RICHELING.

Dois-tu avoir quelque chose de caché pour nous ?

JONES.

Non ; mais je...

Miss ARLOWE.

Parle, ou je me fâche.

JONES.

Tu le veux absolument ?

Miss ARLOWE.

Oui, oui, te dis-je.

JONES.

Eh bien, apprends qu'on s'occupe ici de mon mariage ; j'ai déjà vu la future, &...

Miss ARLOWE.

Quoi, perfide ! tu veux donc sérieusement te marier, & me quitter pour toujours ?

JONES.

La nécessité cruelle m'en fait une loi ; je n'ai plus au monde d'autre ressource... Il y auroit cependant un moyen de ne jamais nous séparer. Veux-tu que je passe dans le pays étranger ? Es-tu dans le dessein de m'y suivre ?

Miss ARLOWE.

J'y consentirois volontiers ; mais tu n'as point d'argent, & ta profession est très-peu lucrative, quand on n'est point assez riche pour se faire Maître.

JONES.

Ecoute ; j'emporterai d'ici le plus d'argent qu'il me sera possible.

RICHELING.

Excellent projet !

Miss ARLOWE.

Et quand tu auras dépensé tout ce que tu auras pris, que deviendrons-nous ?

JONES.

Ma foi, je n'en sais rien... Tu conçois donc que je suis forcé de consentir à mon mariage? Si je m'obstine à rester garçon, une dure captivité sera mon lot dans quelqu'Hôpital: ainsi je ne puis te conserver mon cœur, qu'en engageant en apparence ma liberté à une autre.

Miss. ARLOWE.

Il faut donc que j'y consente. Mais si l'amour doit être le prix de la fidélité, tu n'aimeras jamais ta femme autant que moi.

JONES.

Non, & je t'en donnerai journellement des preuves; l'abondance dont je te ferai jouïr, t'assurera de ma tendresse... Il est près de trois heures (1); je vous conseille d'aller faire un tour au Parc; lorsque je serai habillé, je tâcherai d'aller vous y joindre, pour un moment.

Miss ARLOWE.

Nous serons dans la grande allée.

JONES.

Ah! si j'y rencontre l'infame Hermann, dans la rage & le désespoir qui m'animent, je l'étrangle à vos yeux.

RICHELING.

Je te seconderois de bon cœur.

JONES.

Je crois appercevoir mon pére: allez vite m'attendre où nous sommes convenus.

---

(1) Tous les Anglois, du moins les habitans de Londres, ne dinent qu'à quatre heures.

Miss ARLOWE.

Au revoir, mon cher Jones : songes que loin de toi je compte tous les instans.

RICHELING.

Sur-tout, ne nous fais point croquer le marmot. (*Il sort en baisant plusieurs fois la main de Miss Arlowe, qui a l'air de s'y prêter avec complaisance; & Jones ne s'apperçoit point de ce manége*).

JONES *seul*.

Puisque le Diable me contraint à me marier, tâchons de tirer de mon pére une bonne somme : il est dur & sévère; mais dans le fond, c'est un bon homme, dont on fait tout ce que l'on veut.

SCENE V.

WILLIAM, JONES.

WILLIAM.

Ton contrat de mariage est dressé; nous avons tout mis en régle. Mais pourquoi n'es-tu pas rentré plutôt? Je t'aurois présenté à ta future.

JONES.

Je viens de la voir; & toutes ces Dames sont à la promenade, où je n'ai pu les accompagner.

WILLIAM.

N'est-ce pas qu'elle est charmante? Si tu es sage, tu feras l'homme du monde le plus heureux. Avec du bien, des espérances, & une jolie femme, si tu n'es pas content, ce sera ta faute : bien d'honnêtes gens, qui étalent leur boutique en plein jour, ne sont point, à beaucoup près, aussi fortunés.

JONES, *après avoir réparé de son mieux le désordre de sa parure.*

Il me reste à vous remercier, mon père, des peines que vous voulez bien prendre pour moi.

WILLIAM.

Mais quoi ! tu me parois sombre, rêveur, & je te trouve l'air embarrassé ?

JONES.

C'est que l'approche du mariage étonne toujours ; on fait des réflexions, & l'avenir cause des inquiétudes.

WILLIAM.

Tu as donc réfléchi ? C'est du fruit nouveau.

JONES.

Oui, mon père, j'ai beaucoup réfléchi, & je vous avoue que je ne suis pas sans quelques petits scrupules.

WILLIAM.

Des scrupules ! En voici bien d'une autre. Que veux-tu dire ? explique-toi ?

JONES.

Vous êtes si bon, mon père, que je crois pouvoir vous confier que j'ai contracté des dettes pressantes : je voudrois les acquitter avant mon mariage ; je me ferois conscience de tromper mon beau-père & ma femme.

WILLIAM.

Tu as raison ; j'approuve de pareils sentim[illegible] Fais-moi un état de tes dettes ; tu me le remettras après-demain, & je te promets qu'avant la fin de la semaine ce que tu dois sera payé, si cela n'est pas trop considérable.

JONES.

Il seroit plus honnête que je payasse moi-même : de plus, dans le nombre de mes dettes, il y en a de criardes, de très-urgentes : on trouve des créanciers de si mauvaise humeur! ... Je tremble à chaque instant qu'on ne me fasse un affront la veille de mes noces.

WILLIAM.

On peut attendre deux jours ... Mais pour t'ôter ce sujet d'inquiétude, nomme-moi ceux qui sont les plus difficiles ; dès demain je les tranquillise, en leur écrivant.

JONES.

Il est à propos que je termine moi-même ; je sais mieux qu'un autre les réductions qu'il est possible d'exiger ; j'y gagnerois quelque chose, si vous vouliez me remettre tout-à-l'heure l'argent nécessaire pour solder avec mes créanciers.

WILLIAM.

Comment, de l'économie ! cela me fait plaisir. Viens demain matin dans ma chambre, nous nous expliquerons ensemble.

JONES.

Songez que le moindre retardement peut m'être funeste, & m'empêche de me livrer à la joie.

WILLIAM.

Tu es trop pressé, laisse-moi tranquille, & n'en parlons plus. Songes seulement qu'il faut à présent changer totalement ton genre de vie, & devenir un homme tout nouveau.

JONES.

C'est bien mon dessein; je me flatte que vous n'aurez jamais sujet de regretter vos bontés. (*A part*). Je n'en tirerai rien aujourd'hui; mais ce sera pour une autre fois.

WILLIAM.

Il est temps que j'aie lieu d'être content de toi. Je me flattois que tu serois l'appui de ma vieillesse; mais comment as-tu répondu jusqu'à présent aux soins que tu m'as coûtés? Tes passions t'ont entraîné dans le désordre; tu aurois été sage, si tu avois toujours écouté mes remontrances. Au reste, je n'ai su de toi que des folies de jeunesse; je m'en suis moins indigné, parce que j'ai pensé qu'elles n'auroient qu'un tems.

JONES.

Je sens tous mes torts, & je veux les réparer. (*A part*). C'est le moyen d'en faire tout ce que je voudrai.

WILLIAM.

Une femme douce & raisonnable va faire le bonheur de ta vie: que l'inconstance ne te rende jamais injuste à son égard. Après avoir acquis le titre d'époux, si tu avois des Maîtresses, & te permettois de fréquenter les libertins, le mariage ne serviroit alors qu'à te rendre malheureux.

JONES.

O mon père! vos bontés & vos leçons me touchent infiniment. (*A part*). Je sais le prendre.

WILLIAM.

Si tu es capable de remords, je commence une nouvelle vie, ô mon fils, mon cher Jônes! Que la vertu reprenne pour jamais ses droits sur ton cœur; goûte la douceur de ne te livrer qu'à des plaisirs légitimes. Un naturel trop facile t'a lié avec de jeunes libertins; fuis-les pour toujours avec le plus grand soin : ces mauvaises sociétés corrompent les mœurs, nous apprennent souvent à ne point rougir du crime, nous rendent fourbes, hypocrites & méchans. Sois un bon mari, tu seras bon père, bon citoyen; tu seras véritablement heureux. Eprouve qu'il n'est de bonheur réel que dans le calme de l'âme, bonheur dont on ne jouit qu'au sein de sa famille.

JONES.

Ne craignez point, ô mon père ! de vous rendre garant du desir que j'ai de voir ma femme heureuse. (*A part*). Il est capable de me croire.

WILLIAM.

J'accepte ta promesse; si tu la remplis, je mourrai content... Nos gens vont bientôt revenir de la promenade. (*Il regarde sa montre*). Il est près de quatre heures; va te mettre en état de te présenter avec décence, & cherche, par toutes sortes de moyens, à leur inspirer une idée avantageuse de ta personne.

JONES.

Je cours expédier ma toilette, pour vous rejoindre au plutôt. (*A part*). J'irai cependant faire un tour dans le Parc. (*Il embrasse son père, & dit à part, en s'en allant*) : le bon père, & le bon-homme !

SCENE VI.

WILLIAM *seul.*

AVEUGLES que nous sommes ! nous desirons d'avoir des enfans : c'est nous dévouer à des inquiétudes plus cruelles que la mort. Avons-nous un fils foible, délicat, tout nous alarme ; nous craignons à chaque instant de le perdre : est-il fort & robuste, la violence du tempérament lui fait franchir les bornes de la modération ; les femmes le captivent, la mauvaise compagnie le séduit, son inexpérience l'égare ; & des pères sensibles ont toujours à trembler pour son honneur, pour sa santé ou sa vie. Mon fils, malgré mes efforts, a mené une vie répréhensible, sans tomber dans les derniers excès du libertinage. Actuellement il devient plus raisonnable : voilà l'unique fois qu'il m'a permis de goûter la douceur d'être père.

SCENE VII.

Mistriss TOMPSON, Miss CHARLOTTE, WILLIAM.

Mistriss TOMPSON.

NOUS avons trouvé un monde prodigieux dans le Parc Saint-James ; c'étoit une véritable cohue. Nous avons perdu dans la foule Monsieur Tompson.

WILLIAM.

Il saura bien vous rejoindre ici, & n'oubliera pas la promesse qu'il m'a faite d'y dîner en famille.

Miss CHARLOTTE.

Nous y comptons... Je ne sais si ma mère est fatiguée; pour moi j'ai peine à me soutenir. On achète bien cher l'insipide plaisir de la promenade!

Mistriss TOMPSON.

Oui, l'on veut [illegible] du monde, & se montrer à son tour, quelque désagrément que l'on éprouve.

WILLIAM.

Mon fils ne vous a point accompagnées, Mesdames; mais il se dispose à venir faire sa cour à sa future. Je vous avoûrai, maintenant, qu'il n'étoit que trop dissipé; je lui ai fait quelques remontrances, & je l'ai trouvé dans les meilleures dispositions.

Mistriss TOMPSON.

Pour peu qu'une femme le veuille, elle conduit un homme à son gré; elle sait avec patience supporter ces momens d'humeur, qu'un caractère opiniâtre convertiroit en scènes scandaleuses; elle est attentive à prévenir ou à détourner les querelles, ramène un époux inconstant ou emporté, & réussit toujours quand elle sait à propos faire parler sa douceur & ses larmes. Voilà quels sont les principes dans lesquels j'ai eu soin d'élever ma fille.

WILLIAM.

Je ne doute pas qu'elle n'en fasse usage, & qu'un bonheur continuel ne soit la récompense de son mérite.. Mais qu'avez-vous donc fait de ma femme & de ma fille?

Miss CHARLOTTE.

Elles nous ont quittées pour aller préparer le dîner.

WILLIAM.

Je vais voir si je peux leur être utile à quelque chose. Dans un instant vous pourrez passer là-dedans. Mille pardons si je vous laisse ; mais nous devons commencer à vivre sans façon. (*Il sort*).

SCENE VIII.

Mistriss TOMPSON, Miss CHARLOTTE.

Mistriss TOMPSON.

Ce William, pour un homme de son état, ne manque ni d'éducation, ni de politesse.

Miss CHARLOTTE.

Il paroît un fort honnête homme ; malheureusement le préjugé ne parle pas en faveur des gens de son espèce ; ce sont des oiseaux de nuit, qu'on ne voit qu'avec une certaine répugnance pendant le jour.

Mistriss TOMPSON.

Tu t'accoutumeras peu-à-peu à les voir ; & l'abondance dans ta maison te fera surmonter des degoûts, qui sont plus dans l'imagination que dans la réalité. Mais comment as-tu trouvé le fils ?

Miss CHARLOTTE.

Il n'a point un certain air de franchise que je desirerois dans mon mari ; il jetoit sur moi des regards embarrassés.

Mistriss TOMPSON.

Un amant, à la première entrevue, a toujours le

maintien timide & décontenancé, ainsi que la jeune personne qui doit être sa femme. Tu jugeras mieux ce soir de ton sort, attendu qu'il sera moins gêné avec toi.

Miss CHARLOTTE.

J'ai un sentiment intérieur qui ne me rassure point sur son compte.

Mistriss TOMPSON.

Bannis ces terreurs enfantines : ce garçon-là aura un jour plus de mille livres sterlings.

Miss CHARLOTTE.

L'argent ne rend pas toujours les mariages heureux. Différons encore quelque temps de conclure : nous profiterons de ce délai, pour mieux connoître l'homme qui m'est destiné.

Mistriss TOMPSON.

Bon! veux-tu nous renvoyer à l'année prochaine? Tout est d'accord; les dots sont sur le point d'être comptées. Saisis de bonne grace la fortune qui se présente. Viens, on nous attend là-dedans; allons rejoindre toute la famille. Tu t'appercevras en dinant qu'on peut manger des choses ragoûtantes chez ton beau-père, & tu verras dans peu de jours que son argent ne sent pas mauvais.

Mistriss CHARLOTTE.

Allons, je vous sacrifierai toutes mes répugnances : une fille honnête doit s'empresser d'obéir à sa mère. (*Elles sortent*).

Fin du second Acte.

ACTE III.

SCENE PREMIERE.

WILLIAM, Mistriss SENTFORT.

Mistriss SENTFORT.

Non, il n'est point encore rentré.

WILLIAM.

Il est plus de six heures.

Mistriss SENTFORT.

Comment se peut-il qu'après les promesses qu'il nous avoit faites, il ait manqué à un diner qui devoit décider du bonheur de sa vie!

WILLIAM.

Ce qui me confond encore, c'est que le voisin Tompson nous ait aussi manqué de parole.

Mistriss SENTFORT.

Sa femme & sa fille se sont retirées de bonne-heure, aussi piquées contre notre fils, que remplies d'inquiétude.

WILLIAM.

Je ne sais que penser de l'absence de Tompson, & sur-tout de celle de Jônes.

Mistriss SENTFORT.

Les idées les plus tristes me passent par la tête.

WILLIAM.

Je vous ai toujours dit qu'il étoit libertin; vous n'avez jamais voulu me croire, & vous m'avez souvent empêché de le corriger. Ne vous en prenez donc qu'à vous s'il se débauche de plus-en-plus, & s'il nous cause actuellement du chagrin.

Mistriss SENTFORT.

Ne me faites point de reproches; Jones est étourdi, mais, au fond, il a un bon naturel. Je crains qu'il n'ait été entraîné par quelque libertin de sa connoissance, qui, abusant de sa facilité, l'aura engagé dans une querelle où peut-être il a perdu la vie.

WILLIAM.

Je frémis; à chaque instant on peut nous annoncer une funeste catastrophe : je vous proteste que s'il n'a pas eu des raisons indispensables pour s'absenter aujourd'hui : je ne négligerai ni sollicitations, ni dépenses, pour le faire mettre entre quatre murailles.

Mistriss SENTFORT.

Ne précipitez rien; s'il a été retenu malgré lui, nous n'aurons rien à lui dire.

WILLIAM.

Je présume que ses indignes connoissances l'ont dégoûté du mariage; & pour mieux l'en distraire, ils l'auront entraîné dans une partie de débauche. Peut-être se sont-ils querellés, battus; la tranquillité publique, trop violemment troublée, aura forcé la Justice de les faire arrêter : si ma conjecture est vraie, je vous promets que je le laisserai faire pénitence dans la prison.

Mistriss

Mistriss SENTFORT.

Ne le condamnons point sans l'entendre.... Je ne puis rester plus long-tems ici ; je vais le chercher partout ; je m'en informerai de tous côtés, &, si j'en apprends des nouvelles, je viendrai promptement vous tranquilliser. (*Elle sort*).

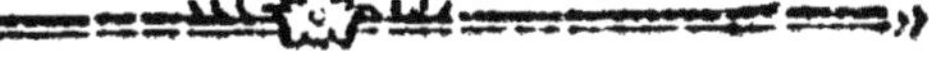

SCENE II.

WILLIAM *seul.*

J'AUROIS dû mettre plutôt un frein à ses déportemens, quoiqu'ils m'aient paru sans conséquence ; mais la tendresse m'aveugloit quelquefois. Nous chérissons nos enfans sans attendre qu'ils le méritent ; leurs vices ne font qu'affliger notre amour, sans le rebuter ; & la Nature, qui nous séduit en leur faveur, nous empêche de les voir tels qu'ils paroissent aux autres. Malgré les chagrins que me cause mon fils, il ne peut m'être un objet odieux : en détestant ses vices, je sens que je suis son père.

SCENE III.

Miss ARLOWE, WILLIAM.

Miss ARLOWE.

ETES-VOUS William Sentfort ?

WILLIAM.

C'est moi-même.

Miss ARLOWE.

J'ai à vous parler en secret.

WILLIAM.

Nous sommes seuls; vous pouvez parler hardiment.

Miss ARLOWE.

Je suis désespérée de la peine que je vais vous faire, en vous apprenant l'accident le plus funeste.

WILLIAM.

Mon fils seroit-il mort?

Miss ARLOWE.

Non, Monsieur William; mais il est bien dans l'embarras.

WILLIAM.

Hâtez-vous de m'apprendre quelle est sa situation.

Miss ARLOWE.

Il s'étoit lié avec un coquin nommé Hermann, qui, par jalousie, est venu chez moi m'en dire beaucoup de mal, & prétendoit me contraindre à ne jamais le revoir. Outré de ma résistance à ses projets, il est sorti furieux, en me menaçant d'arracher la vie à son heureux rival. J'en ai prévenu votre fils, qui voulant aujourd'hui me parler un moment dans le Parc Saint-James, avant l'heure du dîner, s'est muni d'une épée, dans la crainte d'y rencontrer son ennemi. Ils se sont joints, en effet; après quelques injures mutuelles, comme Hermann portoit aussi des armes, ils se sont battus, malgré mes efforts & mes cris: Hermann est tombé par terre, percé de deux coups mortels; votre fils a pris aussi-tôt la fuite: confondue dans la foule, j'ai vu expirer son indigne agresseur. Mais on le croit assassiné, & l'on ne tardera pas à poursuivre celui qui ne l'a tué que par une défense légitime. Il est absolument nécessaire que votre fils s'éloigne de Londres dès cette nuit.

WILLIAM.

S'est-il battu en galant homme ?

Miss ARLOWE.

Oui, il a montré beaucoup de bravoure.

WILLIAM.

Je suis au désespoir qu'il ait eu le malheur de tuer un homme, même en défendant sa propre vie.

Miss ARLOWE.

Vouliez-vous qu'il se laissât percer ?

WILLIAM.

Non, j'aurois voulu qu'il eût pris la fuite, plutôt que de s'exposer à verser le sang de son semblable.

Miss ARLOWE.

Moi, je m'intéresse davantage à son honneur.

WILLIAM.

Oserai-je, Miss, vous demander qui vous êtes, & comment vous avez connu mon fils ?

Miss ARLOWE.

J'ai fait sa connoissance, parce qu'il donnoit de l'ouvrage à ma mère, qui travailloit en linge, ainsi que moi : il m'aime honnêtement, & je lui rends la pareille.

WILLIAM.

Il ne doit plus songer qu'à sa sûreté... Mais qu'est-il devenu ?

Miss ARLOWE.

Il s'est d'abord refugié chez moi ; & pour qu'il soit

encore plus à couvert de toutes poursuites, je l'ai conduit dans une maison voisine, chez des gens charmés de rendre service, où il est impossible de le detetter.

WILLIAM.

Je vous rends mille graces, obligeante Miss, de l'asile qu'il doit à vos soins. Son combat est une affaire d'honneur : ainsi, je me flatte que nous trouverons la Justice favorable, après que les premières clameurs se seront dissipées.

Miss ARLOWE.

Sans doute. Il m'envoie auprès de vous, Monsieur William, pour que vous me remettiez une centaine de livres sterlings, qui le conduiront dans le pays étranger, & lui faciliteront le moyen d'y vivre.

WILLIAM.

Cela est juste, son départ est nécessaire ; mais il faut que je le voie avant qu'il nous quitte. Je me rendrai secrettement chez vous ; de-là vous me conduirez, à la faveur de la nuit, dans la retraite que vous lui avez choisie.

Miss ARLOWE.

Mais son état actuel exige de prompts secours, & vous pourriez toujours me confier quelqu'à-compte, qui lui annonceroit des bontés plus considérables.

WILLIAM.

Non, je lui remettrai moi-même tout ce qu'il me demande : deux ou trois heures d'attente seront bientôt passées. Nous concerterons ensemble l'usage qu'il pourra faire de mes dons, & la route qu'il prendra pour dépayser ceux qui voudroient le poursuivre.

Miss ARLOWE.

Est-ce que vous vous défiez de moi ? Ce seroit me faire injure.

WILLIAM.

Quel soupçon formez-vous, Miss ?

SCENE IV.

Les Acteurs précédens, & Mistriss SENTFORT.

Mistriss SENTFORT.

AH ! je suis toute essoufflée, je suis rendue, & je n'ai couru qu'en vain... Avez-vous eu de ses nouvelles ?

WILLIAM.

Cette jeune Miss vient de m'apprendre qu'il a eu une affaire d'honneur, qu'il s'est battu en brave, & qu'il a tué son adversaire.

Mistriss SENTFORT.

O ciel ! le fâcheux événement ! Et quel étoit son ennemi ?

Miss ARLOWE.

Je vous assure qu'Hermann fut l'aggresseur, & qu'il porte la juste peine de son audace.

Mistriss SENTFORT.

Ah, le monstre ! il avoit insulté mon fils en ma présence, qui a très-bien fait d'en tirer raison .... Mais en quel endroit s'est-il refugié ? Je tremble pour lui.

Miss ARLOWE, *à Mistriss Sentfort.*

Il est on ne peut mieux caché, ne craignez rien. Il

espère, Mistriss, que votre générosité voudra bien encore agir en sa faveur.

Mistriss SENTFORT.

Assurément, on ne sauroit faire trop d'efforts pour un brave garçon qui fait honneur à sa famille. Je veux aller l'embrasser tout-à-l'heure.

WILLIAM.

Tâchez de vous modérer; la moindre imprudence suffiroit pour nous perdre. On le cherche, on observe ses connoissances : faites donc violence à la tendresse maternelle, & ne vous rendez dans l'endroit qu'il habite qu'avec les plus grandes précautions.

Mistriss SENTFORT.

Je n'aurai garde d'y manquer. Mais je veux aller tout de suite partager son triomphe, & le féliciter sur le danger auquel il est échappé.

Miss ARLOWE.

Eh bien, Mistriss, enveloppez-vous de manière à n'être point reconnue; je vais vous conduire; nous passerons par des rues détournées; & vous approuverez toutes les mesures que j'ai prises pour le dérober aux poursuites de la Justice.

Mistriss SENTFORT.

Partons sans différer : mon impatience égale ma joie.

WILLIAM, *à sa femme.*

Songez que si vous alliez vous trahir, tout seroit perdu.

Mistriss SENTFORT.

N'ayez point d'inquiétude. (*Elle sort avec Miss Arlowe*).

WILLIAM *seul.*

Cet événement me fait naître l'envie d'inspirer à Jônes l'idée d'embrasser l'état Militaire. Oui, je ... Mais que me veut le voisin Tompson ?... Bon Dieu! qu'il a l'air triste!

SCENE V.

TOMPSON, WILLIAM.

WILLIAM.

Vous voilà donc, homme de parole: vous nous avez assez fait attendre pour dîner.

TOMPSON.

Ce que j'ai vu m'a ôté l'appétit.

WILLIAM.

Qu'est-ce que cela signifie, & pourquoi ce ton lugubre ?

TOMPSON.

Cessez de me dissimuler votre juste affliction; je viens la partager. J'ai moi-même été témoin de toute la scène; & vous entendez bien qu'après un pareil trait, il n'est plus question d'alliance entre nous: c'est ce qui m'a empêché de venir dîner, ainsi que je vous l'avois promis.

WILLIAM.

Je suis instruit de tout, mon cher Tompson: je croyois que cette aventure pourroit seulement retarder le mariage projeté.

TOMPSON.

Comment ! que dites-vous ! après un éclat si public ; si déshonorant !

WILLIAM.

Mon fils n'a fait que se défendre.

TOMPSON.

Malheureusement vous êtes dans l'erreur ; je vous le jure foi d'honnête homme. Il a commis, à la face du Public, un assassinat abominable. J'ai tout vu de mes yeux. Séparé de ma femme par la foule, je me suis long-tems promené seul ; las de la chercher vainement, j'allois me retirer, lorsque j'ai apperçu de loin votre fils escorté d'un grand Escogriffe & d'une Donzelle à la mine assez suspecte ; ils ont paru se troubler à la vue d'un jeune homme qui n'avoit pas meilleure mine qu'eux tous ; le grand Escogriffe est enfin allé à sa rencontre, lui a sauté au cou ; & tandis qu'il le tenoit embrassé, votre fils a fait un circuit pour le prendre par derrière, & accourant ensuite l'épée à la main, il lui a dardé dans le dos trois coups consécutifs, qui ont fait tomber mort sur la place l'objet de sa lâche vengeance. Tous ceux qui se promenoient aux environs, se sont rassemblés, ont crié au meurtre. Votre fils s'est dérobé par une prompte fuite, mais son complice a été arrêté ; & l'on assure qu'avant qu'il soit trois jours, il subira la peine due à son crime : vous sentez bien qu'avant de mourir, il nommera l'assassin, s'il n'est point encore pris.

WILLIAM.

Ah, mon ami, de quel trait venez-vous me déchirer! On m'avoit fait illusion, & je chérissois mon erreur. Je croyois mon fils malheureux & innocent. Hélas! c'est un monstre affreux, digne du dernier supplice... Mon cœur indigné, oppressé, souffre un tourment dont rien n'approche; je ne tiens plus à la vie que par la honte & la douleur... Je vais être en horreur à moi-même, à mes amis, à tous ceux qui entendront prononcer mon nom; je passerai pour un père dont la négligence criminelle a laissé ses enfans sans éducation, ou qui les pervertit par son exemple... Tant que j'ai cru mon fils doué de quelques sentimens estimables, je me plaisois à douter de ses vices, & à me flatter que le tems le rendroit tout-à-fait vertueux; je ne pouvois le détester: c'est un effort que l'honneur rend aujourd'hui nécessaire, & sous la violence duquel je vais succomber... Je conçois, sage Tompson, que toute alliance devient impossible entre nous; je rougis même pour vous d'en avoir eu l'idée, & je n'ai plus d'autre parti à prendre que celui de me cacher aux yeux de tous les hommes.

TOMPSON.

Votre désespoir n'est que trop bien fondé; je voudrois pouvoir l'adoucir. Cependant considérez que nous ne sommes responsables que de nos propres actions. Votre probité est généralement connue: ainsi, loin de vous blâmer, tout le monde se fera un devoir de plaindre votre infortune.

WILLIAM.

Je ne puis recevoir aucune sorte de consolation, ni me livrer à ma douleur; il faut, sur-tout, que je dérobe mes larmes à ma femme: si elle étoit instruite de leurs motifs, elle s'affligeroit avec moi, & ses chagrins ne feroient qu'augmenter les miens. Je vous conjure, mon cher Tompson, de lui taire, pendant quelques jours, cette horrible histoire... Me voilà donc déshonoré!... Hélas! je comptois m'élever au-dessus de mon état par la pratique des vertus qui font le bon citoyen. Je me flattois d'être estimé de tous ceux qui me connoissent, & je n'exciterai plus que leurs mépris & leur pitié.

TOMPSON.

Ne vous désespérez pas; encore une fois, les gens de bien sauront vous rendre justice. Il n'est point de famille qui n'ait son fléau, & les mœurs Angloises ont fort bien fait de rendre les fautes personnelles. Adieu, père infortuné: votre situation me touche infiniment, & j'ai peine à retenir devant vous mes larmes.

(*Il sort*).

SCENE VII.

WILLIAM *seul.*

Je ne serai donc qu'un objet de compassion ! ce ne sera que pour être plaint, que je reverrai les personnes qui composent ma société ! Mon fils est exposé à porter publiquement la peine méritée d'un forfait ; & l'opprobre dont son nom sera couvert, rejaillira sur le mien, sur celui de ma famille : les fautes sont personnelles parmi nous, le supplice ne déshonore que le criminel, on le dit ainsi ; mais il n'est que trop vrai qu'on ne voit plus du même œil un père dont le fils s'est souillé de crimes. Et quand l'usage de mon pays auroit pour moi toute l'indulgence possible, mon cœur, mon propre cœur se souleveroit toujours contre moi. Puis-je me dissimuler qu'en matière d'honneur, mon fils & moi nous sommes solidaires, & que nous en sommes comptables l'un à l'autre ? . . . J'ai desiré ardemment d'être père : ce titre si doux n'est pour moi qu'un titre d'humiliation & d'infamie ... Ah ! j'ai trop vécu ... Dieu tout-puissant ! pourquoi ne m'as-tu pas enlevé, dès sa première jeunesse, cet enfant qui devoit me porter les coups les plus sensibles ? J'adore tes décrets sans murmurer ; mais par quel crime ai-je mérité que tu m'envoyasses ce fléau, qui remplit mon cœur d'amertume, & couvre ma vieillesse du dernier opprobre ? . . . Quoi ! mon fils périroit sur un échafaud ! ...Je frémis d'horreur à la seule idée de son supplice . . . Il en est tems encore, prévenons un funeste arrêt ; dans le choix d'une mort néceſſaire, préférons la moins ignominieuſe... ; ſoyons moi-même ſon bourreau...Oui, que l'honneur révolté étouffe la tendreſſe paternelle! ... Mais peut-il m'être permis d'ôter à mon fils la vie que je lui ai donnée? La Nature s'y refuſe... Je frémis ... L'honneur n'a-t-il pas ſes droits? La baſſeſſe du rang n'exclut ni le courage, ni la vertu. Quoique relegué dans la dernière claſſe des citoyens, on eſt homme; l'âme eſt toujours elle-même, & n'attend que les circonſtances pour ſe développer: celle où je me trouve n'eſt que trop propre à faire éclater ſes ſentimens. Armons-nous donc de fermeté, &, par un effort généreux, ſacrifions la Nature à l'honneur ... Après ce ſacrifice néceſſaire & douloureux, je le ſens, je vais trainer le reſte de mes jours dans la langueur, & accuſer la mort de venir trop tard terminer mes peines... Mais je préfère une vie malheureuſe à une vie déshonorée ... J'apperçois ma femme... O Dieu! craignons qu'elle ne découvre mon deſſein.

SCENE VIII.

WILLIAM, Miſtriſs SENTFORT.

Miſtriſs SENTFORT.

Je viens de le voir. Il m'a percé le cœur; le pauvre garçon ſe reproche la mort de ſon ennemi: je n'ai pu m'empêcher de mêler mes larmes aux ſiennes.

WILLIAM, *plongé dans le dernier abattement.*

La honte & la confuſion deviennent ſon unique partage; & je crains bien que le mensonge n'achève de le rendre plus coupable.

Mistriss SENTFORT.

Non, il est agité des remords les plus vrais; il convient de bonne foi qu'une colère aveugle l'a transporté.

WILLIAM.

La colère ne conduit point à une vengeance réfléchie.

Mistriss SENTFORT.

Il a triomphé d'un scélérat qui en vouloit à sa vie. Je suis témoin de leur première querelle; c'est ici, ce matin, qu'elle s'est passée: la Justice ne sauroit refuser de lui faire grace.

WILLIAM.

Je redoute toujours des éclaircissemens judiciaires, qui peuvent tourner au désavantage d'un proscrit, sans naissance & sans appui.

Mistriss SENTFORT.

Pour moi, j'ai une pleine confiance dans les lumières & dans l'équité de ceux qui prononceront sur son sort. Allez-le voir, consolez-le, portez-lui les secours dont il a besoin, & empêchez que le désespoir ne nous enlève ce gage d'une tendresse réciproque.

WILLIAM.

Oui, je vais le voir... je le verrai peut-être pour la dernière fois.

Mistriss SENTFORT.

Rassurez-vous; il est jeune & robuste; les voyages ne serviront qu'à le mûrir & à le former: il nous causera, par la suite, autant de satisfaction qu'il nous a donné de chagrin.

WILLIAM.

Le tempérament change, mais le cœur ne change pas. Les désordres de mon fils me pénètrent d'une violente affliction ... & je crois que mon bonheur dépend de ne plus le revoir.

Mistriss SENTFORT.

Vous m'effrayez. Ah! reprenez pour lui des entrailles paternelles: sa perte entraîneroit la mienne. Allez calmer ses douleurs & pourvoir à sa sûreté.

WILLIAM.

Oui, je saurai terminer ses peines & toutes celles qu'il me cause; je vais mettre la main à l'exécution de mon projet: quand tout sera disposé, vous le ferez venir secrettement ici... Je ne vous en dis pas davantage.

(*Il sort*).

SCENE IX.

Mistriss SENTFORT *seule*.

QUE signifient son air abattu, ses propos entrecoupés? C'est sans doute le départ d'un fils qu'il a tendrement aimé, qui le plonge dans cette profonde tristesse. Hélas! suis-je moins affligée que mon mari? Il faut que je consente à me séparer d'un enfant qui m'étoit si cher... Siècle maudit! la perversité des mœurs est une mode, un goût général, dont on est loin de rougir. Mon fils s'est livré sans scrupule à des désordres autorisés dans le monde. Je dissimulois ses égaremens, dans l'espoir que l'âge & la réflexion le rameneroient à une vie sage & honnête. Ma folle complaisance, mon indulgence excessive pour tous ses défauts, ont occasionné sa perte; & je m'en sépare peut-être pour jamais... Je pleure ses écarts & le malheur d'être mère.

SCENE X.

Mistriss SENTFORT, WILLIAM.

(*La nuit se répand insensiblement sur le Théâtre*).

WILLIAM, *tenant une petite bouteille & une tasse, qu'il pose sur une table.*

(*A part*).

Je l'ai donc composé ce fatal breuvage! (*Haut*). Ma chère amie, la nuit s'approche: à la faveur de l'obscurité, allez chercher ce malheureux; il faut absolument que je le voie ici.

Mistriss SENTFORT.

Mais il me semble qu'il seroit de la prudence de vous rendre vous-même dans la maison où il se tient caché: on peut observer mes démarches, & vous risquez qu'on vienne l'arrêter sous nos yeux.

WILLIAM.

Allez, je saurai nous délivrer de tout sujet de crainte.

Mistriss SENTFORT.

Faites-moi part des moyens que vous vous proposez d'employer.

WILLIAM.

N'ayez aucune inquiétude; ils sont infaillibles. Bientôt un espace immense ... (*Des sanglots lui coupent la parole*).

Mistriss SENTFORT.

Vous pleurez! Comment concilier vos espérances avec les larmes que je vous vois répandre?

WILLIAM.

Vous connoîtrez que mon projet est immanquable & pour lui & pour nous. Si quelques larmes s'échappent de mes yeux, p'est que je ne puis songer sans m'attendrir à une séparation... Mais ne perdez pas de tems, amenez-le moi au plutôt.

Mistriss SENTFORT.

Je cours le chercher. Je conçois que vous vous proposez de lui donner une bonne somme, & de l'instruire de la conduite qu'il doit mener hors de sa patrie, tandis que vous n'epargnerez rien pour arranger son affaire. Vous avez raison, l'argent seul contribue au bonheur de cette vie, & il est tout naturel de ne point l'épargner pour ses enfans. (*Elle sort*).

SCENE X.

WILLIAM *seul.*

SA joie sera de courte durée ... Et moi, malheureux, en serai-je moins à plaindre? ... Quel triste avenir je je prépare à ma vieillesse! Sans cesse l'image de mon fils me suivra; je croirai le voir à mes côtés, pâle, livide, me reprocher sa mort . . . (*Prenant la bouteille qui renferme le poison*). O breuvage que mes mains tremblantes ont composé! Tu vas donc me ravir pour toujours l'objet de ma tendresse! . . . Mais vivrois-je plus fortuné, s'il périssoit sur un échafaud? Non, le désespoir déchireroit à chaque instant mon cœur . . . Ne résistons plus à la fatalité qui me poursuit; soyons le père le plus malheureux qu'il y ait peut-être dans le monde . . . (*Il remet le poison sur la table*). Moi, qui aurois joui d'un sort digne d'être envié! J'avois amassé un bien assez considérable; je lui destinois un parti avantageux; j'étois parvenu à me faire considérer, malgré le mépris qu'inspire communément ma profession . . . & il me prive du fruit de toutes mes peines & d'un travail de soixante années . . . Après un tel exemple, qui oseroit souhaiter d'avoir des enfans, ou plutôt qui ne s'efforceroit de leur donner la meilleure éducation? . . . J'entends marcher quelqu'un . . . tout mon corps frissonne.

SCENE XI.

JENNI, WILLIAM.

JENNI, *au fond du Théâtre.*

Où vais-je? . . Je suis toute tremblante . . . seule dans cette obscurité . . .

WILLIAM.

Que demandez-vous? Qui êtes-vous?

JENNI.

Vous êtes, je crois, cet honnête Monsieur William? Je viens mêler mes larmes aux vôtres. On dit que votre fils s'est déshonoré par un assassinat ... s'il falloit tout mon sang pour lui sauver la vie!...

WILLIAM.

Quel intérêt si tendre prenez-vous à ce malheureux? Vous me paroissez jeune & belle.

JENNI.

Ah, Monsieur! mes foibles attraits causeront toutes mes peines: votre fils m'avoit aimée, &...

WILLIAM.

Il vous a trompée: ce trait-là ne m'étonne point de sa part.

JENNI.

J'ai peut-être mérité ses dédains. Ce ne sont point des plaintes qui doivent sortir de ma bouche; ce sont les plus vifs regrets sur sa fâcheuse aventure, & sur le danger auquel il est exposé.

WILLIAM.

Il a pris la fuite, & se cache avec le plus grand soin: tranquillisez-vous.

JENNI, *saisie de joie, & hors d'elle-même.*

Ma fille a donc encore un père!

WILLIAM.

Que dites-vous?

JENNI.

Je me suis trahie; la joie de le savoir hors de péril m'a transportée ... Mais un plus long éclaircissement seroit inutile; je tremblois pour ses jours; vous dissipez mes alarmes; je suis satisfaite. Adieu, Monsieur. (*Elle va pour sortir.*

WILLIAM, *l'arrêtant.*

Achevez de m'éclaircir. L'indigne suborneur abusant de votre foiblesse...

JENNI.

Ah! que voulez-vous savoir?

WILLIAM.

Vous m'intéressez; ne refusez point à mes prières un aveu important & pour vous & pour moi.

JENNI.

Eh bien, sous une promesse de mariage... Mes larmes & ma confusion vous disent le reste.

WILLIAM.

Fille infortunée! je vous tiendrai lieu de père ... Mais j'entends du bruit... Adieu: dans quelques jours ne manquez pas de revenir ici.

JENNI.

O bon William! ... oubliez-moi; réservez tous vos bienfaits pour votre malheureux fils, si digne de pitié.

WILLIAM.

Estimable personne! vous m'intéressez de plus-en-plus... Mais sortez, je vous en conjure... J'entends quelqu'un... (*A part*). S'il alloit la trouver ici! (*Haut*). Prenez de ce côté, afin de ne rencontrer personne.

JENNI, *en s'en allant.*

Adieu, Monsieur: je compte sur votre probité & sur votre cœur paternel. (*Elle sort*).

WILLIAM *seul.*

Je craignois qu'elle ne le vît arriver... Mais on approche... O ciel! c'est lui!

SCENE XII.

Mistriss SENTFORT, WILLIAM, JONES, *enveloppé d'un grand manteau.*

(*Le Théâtre est presque dans l'obscurité*).

JONES.

Mon père, je...

WILLIAM.

Laissez-nous, ma femme ; notre bonheur mutuel exige que je l'entretienne en particulier.

Mistriss SENTFORT, *tenant une chandelle.*

Est-ce que vous craignez de lui parler devant moi ?

WILLIAM.

Non ; mais vous me gêneriez dans l'explication que j'ai besoin d'avoir. Ayez cette complaisance, je vous en prie : vous reviendrez dans un instant.

Mistriss SENTFORT.

Je suis trop bonne ; je n'ai jamais pu vous rien refuser... Vous ne voulez peut-être pas rester sans lumière ? Je vais vous laisser cette chandelle. (*Elle pose sa lumière sur la table, & elle embrasse son fils*). Tranquillises-toi, mon cher enfant ; nous allons te faciliter les moyens de sortir d'Angleterre. (*Elle sort*).

SCENE DERNIERE.

WILLIAM, JONES.

WILLIAM.

Commençons par fermer toutes les portes... (*Il va les fermer, & dit à part*) : comme mon cœur est agité !

JONES.

(*A part*). Voilà bien du mystère. (*Haut*). Mais, mon père, je suis venu pour que vous me donniez de l'argent; ouvrez-moi bien vîte votre coffre fort; que je vous fasse mes adieux, & que je parte.

WILLIAM.

Il n'est pas encore tems; songez seulement à me répondre. Vous avez mené une vie indigne d'un honnête homme. Que de mauvaises actions vous aurez à vous reprocher, quand la mort...

JONES.

Je n'en suis pas encore-là; je me porte bien: ainsi....

WILLIAM.

Ignores-tu qu'on peut mourir, lorsqu'on s'y attend le moins? Repens-toi de tes fautes... de tes crimes.

JONES.

(*A part*). Quel ton lugubre! A qui diable en a-t-il? (*Haut*). Mon père, je ne comprends rien à vos discours. C'est de l'argent que je suis venu chercher.

WILLIAM.

Demande pardon à Dieu; implore avec moi sa miséricorde... Père de tous les êtres! quelle créature peut être parfaite à tes yeux? Les vices sont le partage de l'espèce humaine, & la bonté est ton premier attribut. Daigne toucher le cœur de ce jeune homme, & lui faire grace à son dernier moment.

JONES.

(*Il rit*). Ah! ah! ah! des sermons, des prières! Est-ce donc cela qu'il me faut? C'est de l'argent, & il s'agit de se hâter.

WILLIAM.

Tu as raison, les momens sont précieux. Réponds-moi

donc sans détour, & en peu de paroles : n'as-tu pas abusé d'une jeune personne, sous la foi d'une promesse de mariage ?

JONES.

Bon ! c'est une bagatelle : on ne fait nulle attention à cela.

WILLIAM.

Mais la fille que vous déshonorez ne peut plus trouver aucun parti, & passe dans les larmes ou dans le libertinage le reste d'une vie infortunée.

JONES.

Vous vous moquez, mon père, elle trouve assez de dupes.

WILLIAM.

En devient-elle plus heureuse ? Et les enfans, produits par un amour criminel, rejetés au dernier rang des citoyens, sans nom, sans parens, ne sont-ils pas en droit de reprocher leur naissance aux coupables auteurs de leurs jours, qui, tels que de vils animaux, n'ont songé qu'à satisfaire leurs passions ! Ainsi vous serez maudit à chaque instant par des bouches innocentes.

JONES.

Mais que signifie tout cela ?

WILLIAM.

N'avez-vous pas des enfans ? Soyez vrai.

JONES.

Oui, je crois en avoir un d'une certaine Miss Jenni... qui dit au moins que j'en suis le père.

WILLIAM.

Cela suffit. Et ce malheureux que vous avez lâchement assassiné, en lui plongeant par derrière une épée dans le corps : ne voyez-vous pas son sang qui demande vengeance ?

JONES, *embarrassé.*

Ah, mon père ! ... vous savez cette aventure ... Je

pensois... Il est vrai qu'emporté par la fureur, & le croyant en défense, j'ai eu le malheur de le percer ... Mais je vais prendre la fuite dès cette nuit, &...

WILLIAM.

Pouvez-vous ne pas savoir que la vie du dernier des hommes est sous la sauve-garde des Loix, & que la Nature a gravé dans nos cœurs une horreur extrême contre ceux qui versent le sang humain?

JONES.

Cessons de nous entretenir d'objets funèbres.

WILLIAM.

La Nature & les Loix sont également intéressées à vous punir; un échafaud vous attend... De quels traits cruels vous déchirez l'âme d'un père!

JONES.

Rassurez-vous, je suis sûr de me sauver, pourvu que vous me donniez...

WILLIAM, *après un moment de silence, & poussant un profond soupir.*

Allons, il faut s'y résoudre...(*A part*). Je crains à chaque instant qu'on ne vienne l'arrêter ... sous mes yeux... Il faut s'y résoudre... (*Haut*). Tu as besoin de prendre des forces; tiens, mon fils, bois ce verre de liqueur. (*Il lui verse le poison*).

JONES, *avalant le poison.*

Vous êtes bien bon ... Mais quel singulier goût!

WILLIAM, *vivement.*

Embrasse-moi, mon fils: la mort purifie nos âmes, comme le feu épure les plus précieux métaux.

JONES.

Pourquoi de tels transports? & que vous me tenez d'étranges discours! ... Vous me paroissez troublé ... O Dieu! ... qu'est-ce que je sens?

WILLIAM, *d'un ton ferme.*

Il valoit mieux que tu périsses de la main d'un père ; que de celle du Bourreau : tu viens de prendre un poison mortel ; il ne te reste plus qu'à te recommander à Dieu.

JONES, *courant vers la porte.*

Quelle trahison abominable ! ... Courons appeller du secours .... O ma mère ! ...

WILLIAM.

Arrête, tous les remèdes seroient inutiles : que ta seule espérance soit en la miséricorde de l'Etre suprême.

JONES, *s'agitant avec violence.*

Qu'avez-vous fait ? ... je suis déchiré ... je brûle... tous les feux de l'Enfer sont dans mes entrailles... Ah, malheureux ! ...

WILLIAM.

O mon fils ! repens-toi ; songes que tu vas paroître devant un Dieu qui pardonne quand on s'amande, mais qui punit l'endurcissement du cœur.

JONES, *d'une voix étouffée.*

Eh ! daignera-t-il me faire grace ? ... Mes crimes. ... Que n'ai je vécu dans la sagesse ! ... Je meurs. (*Il tombe ; on le voit agité quelques instans d'horribles convulsions, & enfin expirer*).

WILLIAM, *qui s'est caché le visage dans ses deux mains.*

Le sacrifice est consommé, & il s'est repenti. Allons publier qu'une mort subite... (*Il jette les yeux sur le cadavre de son fils*). Ah ! je le sens, la Nature reprend tous ses droits... des larmes inondent mon visage ... Que mes pleurs commencent à couler ; elles ne tariront qu'à mon dernier moment... Infortuné jeune homme, tu es né pour le malheur de ton père... Mais du moins tu ne déshonoreras point ta famille.

www.ingramcontent.com/pod-product-compliance
Ingram Content Group UK Ltd.
Pitfield, Milton Keynes, MK11 3LW, UK
UKHW020404230726
13925UKWH00003B/1246

9 782014 459425